忽如远行客

陈嘉玉◎著

青青陵上柏，
磊磊涧中石。
人生天地间，
忽如远行客。

中国书籍出版社
China Book Press

图书在版编目（CIP）数据

忽如远行客/陈嘉玉著. —北京：中国书籍出版
社，2020.7
ISBN 978－7－5068－7921－7

Ⅰ.①忽… Ⅱ.①陈… Ⅲ.①散文集—中国—当代
Ⅳ.①I267

中国版本图书馆 CIP 数据核字（2020）第 133394 号

忽如远行客

陈嘉玉 著

责任编辑	毕 磊	
责任印制	孙马飞 马 芝	
封面设计	中联华文	
出版发行	中国书籍出版社	
地　　址	北京市丰台区三路居路 97 号（邮编：100073）	
电　　话	（010）52257143（总编室）　　（010）52257140（发行部）	
电子邮箱	eo@ chinabp. com. cn	
经　　销	全国新华书店	
印　　刷	三河市华东印刷有限公司	
开　　本	710 毫米×1000 毫米　1/16	
字　　数	150 千字	
印　　张	10. 25	
版　　次	2020 年 7 月第 1 版　2020 年 7 月第 1 次印刷	
书　　号	ISBN 978－7－5068－7921－7	
定　　价	58. 00 元	

2019 最后一个夜写给 2020 第一个晨

——致少年远行客

文学毕竟是少年的主场。少年陈嘉玉已经闯入文学了，已经神思出窍了，已经写起来了！很好！文学是少年主场，不仅仅因为少年人的少年龄齿。我一直以为，三十而立，所立不是一件好事，三十而立，立的，是事业，也是烦忧。三十而后的时日，就都是乱我心者的那些多烦忧的今日之日了。自己本来就活得不轻松，此时成婚有子，所谓自然节律之事，再当然不过了，但是，留给稿纸的时间，留给键盘的心情，就乱了。家庭之欢乐，会让文学创作增添不少新鲜，家庭之责任，会让文学创作变得很奢侈。家庭之外有事业，上有领导，旁有同僚，内有工作量化，外有晋级指标，留给文学的场地又少了大半。也有极富裕极尊贵的青年壮年，家有服务员，不论这服务员是被啃的老人，还是雇佣的阿姨，锅碗瓢盆，饭盆、脸盆、浴盆，都可以不沾边；工作有资源，不论这资源是红色的，还是金色的，镀金的、18k 金的、纯金的，统统独占，但是，文学的事情，不是富裕尊贵的亲属，反而是贫穷的兄弟。全唐诗，九百卷，入集诗句百千万，出名的诗人就有二千八百三十七人，其中多少豪杰，其中多少富贵！但是，有多少豪杰多少富贵的诗句能穷至过穷困潦倒的老杜，能疯狂过疯疯癫癫的太白，能腾跃过不知好歹抢了富贵头彩的子安？有钱有势有情有趣有场有地有笔有墨，但是，写出来的诗句，就是平庸，就是不能惊人，于是，那无边的文学烦恼，随着三十而立，与日俱增，惟余江郎才尽，江郎才尽矣。少年人不理会这些，管你有多少唐诗宋词，管你有多少风流骚客，管你有多少获奖大师，对于少年人，天地之间没有烦忧，对于少年人，今日之日只有我手中的这支笔，这一组任我诗思驰骋的键盘。文学啊，Muse，我，陈嘉玉，我就来了，我就写了，我就成了。

文学毕竟是少年的主场。陈嘉玉进场了，也吐纳心声，也卷舒风云，用文学的眼睛，看天，看地，看人，至于是雕龙还是雕虫，且不论。我又以为，文学之事，就在于笔墨之间，就在于写起来。文学指导书都说：写不出来的时候不要写。不，写不出来的时候应该"硬要写"。人生一轮，这轮其实不是"轮"，人生之轮直线往前，不往复回环。那么，驹齿换尽，智齿待出，正是"为赋新词强说愁"的时候，而少年之愁，正是文学之源泉。但丁出生后"光耀天庭""在其宝座转了九圈的时候"，也就是他九岁的时候，遭遇强愁、崩溃，藏在心底最深处的"生命之灵"被唤醒，震撼了周身血液，藏在心脏最底层的"动物之灵"、"自然之灵"都被激活了。于是，九年后，刚刚告别了少年时代的但丁开始写诗了。没有但丁早年时代的"强说愁"，就不会有他成熟年代的《神曲》。普希金13岁"被丘比特"俘获，洋洋洒洒，一口气写了106行。可以说他的诗行是神童气质大爆发，也可以说他的诗句是古希腊文学遗产的堆砌。但是，无论是前者，还是后者，少年普希金的文学喷发，都是勇敢闯入文学主场的表现，都是在文学主场上用生命的真血抒发生命之灵的事实。《忽如远行客》，忽如远行客！借问远行客，远行去何方？远行到书中遥远的时间处，去读楚汉相争的细节，去读墨西哥湾人鱼相斗的伟大？还是远行到书中遥远的空间，去看兔和猫。或者远行去京城北海并"被人海围城（成）孤岛"而航海，或者远行去云南的森林里寻找英烈的鬼雄。都可以的。秀才不出门，可以在书中远知；少年出门，更可以在世界远行。最重要的是，文学少年无论远行去哪里，实际上都是一次次进入文学的主场；最关键的是，少年陈嘉玉忽然要在文学的远方做一个远行客了，身边的亲情，近处的校园，也忽如远方了。

咸亨酒店的小伙计，12岁，那是不会给酒羼水的纯净年龄。掌柜的把他看成是傻孩子，而我庆幸孩子的这种纯净的傻气。凭这一纯净，少年人记住了曲尺形大柜台内外穿长衫坐着喝酒的和不穿长衫站着喝酒的区别，看到了那位多乎哉不多也的"唯一者"。少年纯净的眼睛是少年在文学主场最终胜利的本质属性：因纯净而独见，因纯净而天然。然而，咸亨酒店的世界，根本不是今日大门紧闭的校园。少年在人门里，世界在大门外。当然，世界也在大门里，但是，大门里的世界是模压塑制，那上午是"每一个听化学课听到昏昏欲睡的上午"，那下午大概更是"每一个听某某课听到昏昏欲睡的下午"。要用哪一个词形容哪一件事，也都练过许多遍许多遍了；要用哪一个公式解决哪一个难题，也都刷过无数次无数次了。学校里，以至于整个世界，纯净水也一律不再是从山涧流泻出来、从深井提拉上来，而全部是装在瓶形的桶状的塑料里。我忽然不可能是远行的"远行客"了，只可能是远行的瓶装水、桶装水。我也纯净，我也远行，而我从无菌无毒精致美丽的塑料透明里，能看到的，只能看到的，同样是一个模压塑制的世界。我们的语言与其说是我们写出来的，莫如说是"美丽的新世界"模版复制出来的。跨年的宏词，夜半的微信，祝福正像导弹一样飞，而我只祝福少年陈嘉玉在文学主场远行的时候，能喝上不是塑而料之的纯净水。

2019 年 12 月 31 日，2020 年 1 月 1 日

北京师范大学文学院教授　李正荣

本真少年，万里归来颜愈少

　　近来一直体验着朱自清先生笔下的"匆匆"，难得让心绪等待一下灵魂。《忽如远行客》这本文集给我了一个契机，让我抽出了冬日的两个下午，放下繁忙，暂别俗世，几乎是逐字逐句读完了此书。我也循着作者陈嘉玉的笔墨，试图去理解当代中学生的精神世界，探索他们身体远行和精神远行的边界。这本书也让我成为了一个临时的"远行客"，思绪在时间上拉回到记忆中或清晰、或模糊的中学时代，在空间上游历了生命里或熟悉、或陌生的咫尺天涯，在情感上体验了生活中或温暖、或悲凉的离愁别绪。

　　媒介承载的优秀内容是人们思想远行的翅膀，而媒介本身又是人们精神世界开疆拓土的工具。作者在图书和电影的媒介世界里，成为了一位思想远行客。作者的很多阅读不仅仅是情节信息、事实信息、思想信息的简单汲取，更结合个人生命体验和当下思考发出了同学少年的追问，这使得那些历经时间长河的名作在和一个年轻的心灵碰撞中种下了一粒种子，在我们这个时代重新焕发了新的生命和价值。从这个意义上来说，如果把这些经典文本和电影比作一个人，那么这个人也因一位少年的自性光明而摆脱了垂垂老矣的重负，屹立在现代人精神世界的潮头，经典的东西因人的点化而在历史与现实间远行。《兔和猫》里对平等的思考，桃园暮色中对《边城》的感悟，看《刺客列传》后对感性与理性的权衡，《霸王别姬》中对"错了，你又错了"的归因探索，这些都让历史和现实、经典和青春形成了共鸣，再经过优美的文字和图书的二次传播后，会激发更多人的回忆和思考。

　　旧书不厌百回读，熟读精思子自知。苏东坡的这种体验，在今天这位年轻作者这里也得到了印证。也许作者日后会在不同的年纪、不同的情境中二次甚至多次阅读一些经典文本与影像，会产生与今日今时不同的见解，甚至以将来的视角带着麦克卢汉的"后视镜"审视过去的观点、否定过去的自我。即便如此，今日的"精思"依旧闪耀着此时莎士比亚般的"做真实的你"的光辉，同样是时间轴上某个时间节点的笛卡尔式的"我思故我在"。我们每个力求自知的人，都在践行着卡希尔的"认识你自己"的命题，也都在"存在与时间"中通过不断反思自省织就一个立体而真实的自己。因此，每每重读经典，今日不必为昨日理解的幼稚而苦恼，今日的怅然也许很快成为明日的笑柄。每时每刻，在阅读中，找到当下本真自我就是在完成不断否定你自己，不断"认识你自己"的过程。

读万卷书易，行万里路难。陈嘉玉的远行不止于书斋，更行至大千世界。一位中学生勇于多次踏上游学的旅途，就让实实在在的步伐带领她实现了身体的远行和见识的远行。北海、后海、恭王府、海宁、苏州、杭州、高黎贡、腾冲、香港、张掖、西安、韩城、基督城（新西兰）……从京内到京外，从西域到南国，从海内到天涯，作者一路远行，一路记录，通过资料收集、实地探访、与人的接触、午夜的冥思，构建了对一地、一城、一景、一物的品读，给我们呈现了一位青少年心中的山山水水和芸芸众生。在这个世界里，有皇城故里，有南国风光，有西域丹霞，有边陲金戈，故乡、他乡、历史、人物交织而成了作者心中的《千里江山图》。北宋画家王希孟妙笔下的画卷已是永远的完成时，而远行少年陈嘉玉心中的画卷却是动态的进行时和将来时，通过未来的远行与感悟，她心中的这幅画卷也会越发壮美深沉。

作者被人看作是人文主义的信徒，走在了用笔书写人生的远行道路起点上。书籍的浸润、行者的历练、亲情的抚慰像不同的河流，在作者的心间流淌，汇聚成了自我创造的精神世界，我从中读到了本真少年的"思无邪"。

当今的竞争社会，在各种现实压力与功利诱惑下、在未来的尘世浸染下，人的本真常会陷入迷思，长久守护的初心有时也会褪色。当"思无邪"的本真被老于世故的圆滑取代时，少年便开始"老"了，很多走过那段路的朋友又在迷途中倍感失去青春的苦涩，心灵中呼唤着"归来仍是少年"。叔本华早就在《要么孤独，要么庸俗》中提醒过，年轻人太精明、太谙于世故，往往预示着他（或她）的本性平庸。精致的利己主义者即便在中学、大学阶段，也褪去了风华正茂的青春本色。人往往处在理想和现实的矛盾中，处在精神自由与各种禁锢的夹缝中，在现实的压力下我不能苛责于谁，但我期待万千少年，都能如本书作者一般在脑海深处留下纯粹的净土，在这片净土上行远自迩，登高自卑，守望那个本真少年。如此，即便你身不由己，即便你远行他乡，有了这片纯粹的净土、有了强大的精神世界，你依然能万里归来颜愈少，此心安处是吾乡。

愿所有的远行客与本书作者一道，万里归来，仍是少年。

南开大学传播学系主任　陈　鹏

目　录

读　书

行行重行行

在我和世界之间

读 书

我们为什么读书？

　　几天前语文分班考试大作文所给的情境给了我些许灵感。终于得闲，就对自己的一些想法稍作整理吧。我实在想不起来考试时写了什么，就当作是还以此为题再写一文吧。

　　作文题目所给的情境大致是说，原来一些书店中的名著总是滞销，但自从高考风向开始注重对于名著内容的考察以后，家长与学生便纷纷来书店抢购名著这类的书籍，当然同样畅销的还有与之相匹配的教辅。

　　我们为什么读书？

　　其实我想大概对于那些因高考风向而来购买名著的家长与学生而言，对于"我们为什么读书"这样的问题大概心中早有了答案。毋庸置疑的是，追求高分固然没有错，向好之心人皆有之。为了在考试中得分，书也自然是读了，也终究有所收获。大概以这样的目的读书，你获得的应是烦琐的情节，复杂的人物关系。你试图背下来梗概，然后打开教辅，找到"名著阅读"那一栏，做几道与其相关的题来检验自己记得是否熟练清楚。——订正答案以后，你心想，下次考试涉及名著的部分大约没有问题了。

　　但是，读书本不该如此。

　　找一个惬意的午后吧，沏一盏香茗，烟雾袅袅，在面南的晴窗坐下。

打开书，窗外树叶摇曳婆娑的影子正映在书页上。平心静气地读，文字间正展开着平淡忧伤的故事或波澜壮阔的史诗般画卷。我记得帕慕克在他的散文里曾经写道，"书中有来自另一个世界的吸引"，我想是没错的。虚构是写作者直面现实的倔强，其实从某个角度上来说也是对现实的另一种投射。寥寥几笔，远阔的山河，动人的故事，快乐与狂喜，浅淡的惆怅抑或是深刻的悲怆，皆跃然纸上，感同身受。忘了考试吧，字里行间生出的不应是无数知识点，而是无数趣味。

读书之于每个热爱书的人，或许也不应停步于此。诚然，"为了乐趣而读书"显然比"为了考试而读书"是一个更为理想的答案，但是书中的人概不止乐趣，也不止另一世界的吸引。我想读书，不止如此。

东坡所谓"博观而约取，厚积而薄发"，阐释的正是通过读书而学习这样一个内化的过程。归根结底，仍旧是我们都背得已经熟得不能再熟的"学而不思则罔"。读《三国演义》时，不禁记起鲁迅所言"欲显刘备之长厚而似伪，状诸葛亮之多智而近妖，惟于关羽，特多好语，义勇之概，时时如见矣"，细细想来，这原因还是关羽这人物里蕴含着两条相互矛盾的理智与情感的逻辑，才栩栩如生。读《骆驼祥子》时，扼腕叹息感慨于祥子的堕落，也许仔细品读，去了解时代背景，才会真正懂得老舍以祥子的悲剧而影射出的那个"不让好人有活路"的黑暗社会。书中有很多故事性以外的，属于思想性的东西。那是我们透过一切情节与内容的表象去探求的本质与内核。

余华说过："什么是经典名著？那就是不同时代、不同民族和不同文化的读者，都可以在这些作品里读到自己的感受，好比是在别人的镜子里看到自己的形象。"或许一本好的书正是透过纱幕使人们反观自己的眼。若说什么"书是人类进步的阶梯"，仿佛极为冠冕堂皇，然而亦没有什么错。有些人生我们也许永远没有机会体会到，我们透过那些思想性、甚至带些哲学意味的文字便可稍稍领悟到有关宇宙、世界、人生些许的奥妙。书，又何尝不是明亮灯盏，时时映入梦中照亮着指引着前路。

这是我读书的原因。

黛西与杰伊，理想主义与其幻灭

最近读完了英文原版的《了不起的盖茨比》(*The Great Gatsby*)，有很多触动。

菲茨杰拉德的文笔时常使我惊叹，在 kindle 的剪贴里充满着他所写的许多极美的句子。也许是文笔的优美使然，也许是故事最终结局的不完满，读完整部小说以后有余音绕梁之感，足以使人久久回味——我感受到的是忧郁。

忧伤似乎也有不同的种类。川端康成笔下的忧伤像雨后初晴时清澈而湛蓝的天空，很无端然而又挥之不去。《了不起的盖茨比》里面的忧伤大概是灯红酒绿背后无言的荒芜与寂寞。我记得好像在哪里看到这样一句话：

"所有伟大的小说，最终都会指向一个方向，虚无。所有的人生，都会有一个共同的结果，梦碎，人亡。"

盖茨比的人生似乎是由梦想引导的，从北达科他州一个贫穷的农家子弟经过种种努力与奋斗终于步步高升，后来则又在军队中表现出色，再后来通过艰苦创业成为百万富翁。——书中对这部分的内容所涉及的并不多，但是盖茨比这个人物显然是带着理想主义色彩的。其实，同尼克一样，他所爱的并不是他举办派对里的莺歌燕舞，他们都是偏向于梦想的理想主义者。盖茨比或许不明白，黛西其实与他并不是一路人。他也或许明白，但是黛西已然不是她自己了，在他心里她也是理想主义的化身。与其说盖茨比爱的是黛西，不如说他爱的是黛西的象征意义的爱情夙愿。可能他明白终究是梦碎人亡，但他依然要做梦。

　　整本书的叙述以尼克作为第一人称展开，他对于盖茨比的欣赏、对汤姆的憎恶都不难看出。汤姆用出身背景、教育程度来侮辱盖茨比，因为纸醉金迷、金碧辉煌这些交织在一起，使汤姆这样的人外表看上去迷人高雅，然而遮掩住的是精神世界的荒芜与空虚。于是他永远无法懂得盖茨比的了不起之处。可是尼克与他惺惺相惜，他明白盖茨比这样的人的珍贵，他会告诉他"你与那些人都不同"。仿佛盖茨比并不曾做过什么多么伟大的事情，但他短促的一生都在全心全意地遵循着他的理想主义，他从不曾被社会磨成平庸伧俗的人。他保有他的纯粹。他不属于迷惘的一代，他身上有幻想的、精神性的、彻底的东西，他恰如飞蛾扑火，而这何尝不也是一种高贵。

　　从某种意义上来说，我认为盖茨比是幸运的。他依旧抱着他的希望骤然而逝，不必去看现实的麻木与无情。相比之下，尼克似乎不幸得多，他宛如是替代了盖茨比去承担了所有的灰暗与丑陋的现实。尼克被希望弃掉了。他从一个年轻富有活力的青年，怀抱着对繁华大都市无限热切的想象而来，最后看透了这背后人情的冷漠、精神世界的虚无，徘徊在曾经能看到绿光的码头上——如今已然漆黑一片，正像他那一片残垣破败的心境。

　　我想《了不起的盖茨比》大约是对 20 世纪这个资本狂欢的时代的审视与回望。忧伤中蕴含的是冷静的反思。在这一个个工具理性的资本时代和冷冰冰的科技时代，人只有努力抓住自己人之为人的一腔热情、一份执念，也许才会悟出人生真正价值。大概这正是所谓"不忘初心"。

　　"So we beat on, boats against the current, borne back ceaselessly into the past."

——*The Great Gatsby*

这时候，有风也有阳光

　　每每我读起川端康成的文字，总有一种轻微的寒冷之感——即便他写的是黄昏的暮景，是映照整个东京天空的明亮灯火。

　　我渐渐意识到这字里行间蕴含的浅淡忧伤，是一种很美的——甚至可以说是伟大的——情绪。也许快乐相比而言竟显得浅薄起来，大概是由于少了一种深刻于其中。

　　应是日本与中国的文化从源头处还是相通的缘故，川端康成在书中刻画的每一样景物，许是雪子小姐包袱皮上的千只鹤，许是映在叶子面颊上的灯光——都不仅是那些事物本身了，已经化作一种意象类的东西。我记得叶嘉莹先生在讲《人间词话》时谈论起有关词学的种种，说这些意象的营造大约是一种语言的"语码"。而这种带有象征性的叙述方式，在读者（尤其是有文化共鸣的读者）不知不觉之间，就被这些意象所营造的气氛带入了作者想要表达的情感与思想中。

　　川端康成的文字至少对于我而言是极有画面感的。在他的世界里仿佛时间过得很慢，慢得似乎能使人清晰地意识到他的触碰与流逝。夕阳不会转瞬即逝，会从森林的树梢掠过，为天空染上红霞，流进菊治的目光中。我甚至能在脑海里看分明每个朦胧的细节。雨后，低饱和度，青石板路，远山苍翠欲滴。清泉汩汩，歌伎云烟般婀娜的身姿，记忆中残存的黄昏与地平线，像光一般抽象的稻村小姐……我还可以继续写下去。我也不知曾从一部部小说中抄写下多少个美得不可方物的句子。

这每一个看似无意义、对情节推进毫无用处的写景，竟将故事里每个人的心绪都以这种婉转的形式表露得淋漓尽致，便使得动人心魄的东西冷却凝结成一种无名而深沉的震动，沉默而平静，却时时萦绕在思绪中。这则使那直抒胸臆的表达效果不再必要，于是生出了感性中的内敛与平和，使一切都显得幽静而深远。

我想很多人应该读过《江声浩荡》(也被那篇阅读理解折磨过)，也读过《约翰·克利斯朵夫》那震撼人心的开头。"江声浩荡，自屋后上升"，带有的意象固然与川端康成笔下忧伤宁静的世界毫不相同——宏大而波澜壮阔，清澈而婉转动人，都是令人心动的美，并无孰优孰劣之分。我觉得我多少能理解作者当时所受到的震动——这种震动，归根结底，大概还是向往本身，是一种对内心世界理想的投射。

写着写着，我不禁又看到列车上向后快速移动的黄昏暮景与文子小姐身后透着夕阳光芒的夹竹桃树了，不禁感到心旷神怡。你看，这就是这种营造出的意象所带给人的触动，让人在脑海深处依旧留下一片纯粹的净土。

人们把川端康成先生定义为小说家，我认为无何不妥。颁予他的诺奖充分体现了人们对他的艺术的高度认可。也许他并没有写过什么诗歌，(也可能只是我孤陋寡闻从未读起过)然而我愿称他为一个诗人。诗意在他小说作品里的每个角落中都开出花来，那是在我看来远胜于情节推进的东西。文学艺术以此为追求，也不失为一种方向。

(托尔斯泰所谓"为了人类的艺术"远高于"为了艺术的艺术"的理论，我只能明白些许他的意思，至于深刻地理解、认同，大约是很久以后的事情了。)

这时候，有风也有阳光

桃源暮色
——记读《边城》

　　我觉得沈从文先生的语言像水——具体一点的话，像山泉，像清溪。寥寥几笔，一座寂静安详的边城的轮廓已然明朗起来。酉水澄澈见底，两岸高山苍翠欲滴。午后的阳光温柔明亮，如金色的颜料涂抹在灰墙黛瓦与吊脚楼上。如此清丽的山水养育出了这一方淳朴而真诚的人们。

　　《边城》带给我的感动归根结底是一种源于内心深处的向往，或者说这文字里的世界是我脑海中理想主义的投射。躺在门前大岩石上的树荫处看天上的云，抑或是在老船夫的木舟上看繁密的雨在溪面笼上一层烟。我不知道这样的时刻翠翠在想些什么，但我相信她的思绪应是关乎真善美的。

　　再一次读起《边城》，宛如重温这一首凄美的田园牧歌。旋律朴素率真，但嘹亮的音调却足以激起听者心中层层的涟漪。字里行间，浅浅乡愁背后，无处不流露着对自然美，对人性美的赞颂。天地有大美而不言，唯寄托于这边城人民在生活中永远温馨和谐的简单对白中。

　　我自以为是一个抱存着理想主义的人，于是《边城》给予了我对于纯粹、真挚的渴求一个可以安放的角落。"书中有另一个世界的吸引"，就读者而言或许阅读是一种逃避，但是虚构正是写作者直面现实的倔强。书中每一个人物形象，每一段关于生活琐事的对话，每一幅山明水净的风景画，大概都是沈从文先生内心深处对于人性反思的承载。我想书中正是利用这样一个与现代社会已经相隔甚远的乌托邦与实际世界的巨大落差，才得以发人深省，才得以如此深刻。

读至结尾，我花了许多时间思考作者何以将一个明媚祥和的故事最终染上悲楚的色彩。用沈从文先生自己的话说便是：

"我要表现的本是一种'人生的形式'，一种'优美、健康、自然'而又不悖乎人性的人生形式。"

这种人生单纯美好，然而也恰是悲剧使得人生之为人生。

从另一种角度上来看，这样一个不完满的结局如同是在他所描绘的明净景物与温暖人情之上披上了南方梅雨季节的潮湿。是淡淡感伤的，亦是余音绕梁的。由此人们便能从消逝的美好中察觉明快祥和其中隐匿着的不安与惆怅，方能从浪漫主义中领悟现实意义。

合上书，我眼前的是暮色中的乌托邦世界，寂静而美好，但有无名的哀愁从云霞间裊然飘过。

在川湘交界的湘西小城，酉水岸边的茶峒里，几个愚夫俗子，被一件普通人事牵连到一处时，各人应得的一份哀乐，为人类"爱"字做一度恰如其分的说明。

对"伟大"二字的注解

——记读《老人与海》

书读到一半，我看到圣地亚哥的自言自语："人不抱希望是很傻的。"或许正如《基督山伯爵》中的最后一句话所写的那样：

"人类的一切智慧是包含在'等待'和'希望'这两个词中。"

然而我读到过的许多文字似乎都以一种消极的态度来看待"希望"。不论是鲁迅先生在《野草》中写的那一篇著名的《希望》，抑或是诗人裴多菲的一句使人难以忘怀的"绝望之为虚妄，正与希望相同"，仿佛都在某种意义上认为希望终究是要幻灭的。

反观生活中的种种，反观《老人与海》这部小说最终的结局，也许我们必须承认，事实大概正是如此。裴多菲的诗句犀利而发人深省：

"希望是什么？是娼妓，她对谁都蛊惑，将一切都献给，当你牺牲了你极多的宝贝，她就弃掉你。"

命运曾一时给过圣地亚哥希望：在几日夜无休止地与那条大马林鱼做不懈的斗争之后他终于杀死了它。太阳从海平面上升起又落下，灿烂星光在波面上闪耀又隐去，他可以忍受骨刺与抽筋，可以克服流血的伤口，也可以耐得住一切饥渴。那时他有期待，他有希望，他一切的艰辛付出全部指向一个未知的，他可以通过自己奋斗而获得而改变的结果。彼时的他大概可以被褒扬为坚毅不拔，被赞颂为刚强不屈，但是我认为这并非他真正的伟大之处。此乃人的本性使然，只是他比常人多了份坚持而已。

读到结尾，一切似乎都印证了博尔赫斯的那句"将来并不真实，只是目前的希望"。而希望终究是幻灭。大马林鱼被鲨鱼劫掠一空，圣地亚哥还是一无所获。最令我动容的是在他受到鲨鱼袭击，在他历尽千辛万苦终得以捕上的大马林鱼被鲨鱼叼走许多之时，他说出的那句"一个人可以被毁灭，却不能被打败"。深夜，海上一片漆黑，他身子又僵又疼，鲨鱼成群结队地游过来。他看见它们的鳍在水中划出一道道线，还有它们扑向大鱼时留下的粼光。他明白搏斗是徒劳的，但他还是搏斗了。——那时的圣地亚哥是伟大的。

于是我想到《荷马史诗》中西西弗斯的故事。泄露了宙斯的机密的西西弗斯被判逐出到地狱那边，在那里，他用尽力气把一块沉重的大石头推到陡峭的山巅之上，再眼看着这个大石头滚到山脚下面。但西西弗斯仍再一次推起石头朝山巅的方向推去。我们或许相信、或许不相信所谓"命运"，但许多事情大概本就非我们能够左右。至于结果如何，似乎看起来已然是无谓的。《论语》中写"知其不可而为之"，我想不问前程地抗争本身，就足以担上"伟大"二字的分量，而圣地亚哥，恰恰如此。

清扬婉兮

——记读《诗经》

　　初一的时候学校印发了一本小册子，名曰《诵读诗文选》，每日晨读的时候就由语文课代表站在讲台前，领大家一起念上面的诗词文章。开篇所选第一首是《式微》，于是清早教室里传出的读书声常是"式微，式微，胡不归？微君之故，胡为乎中露"。同学们最初皆不解其意，直到有一天实在耐不住好奇，翻来一本《诗经注释》，找到了译文，原来写的是情人幽会时的对话。第二天晨读再念《式微》的时候，全班不禁哄堂大笑。从此《诗经》之于我不再遥远，它是鲜活而可触摸的。欢笑声中，我由衷地感叹："《诗经》本非高高在上，写得实在是太活泼可爱了。"

　　后来我渐渐对《诗经》产生了兴趣，尤其是《国风》，我很爱读其中的许多篇章，最喜欢的应数《野有蔓草》和《静女》了。祭祀宗庙的颂歌大约已经离我太远了，但人们平淡生活中的歌咏吟诵千百年来总有相似的主题。"人性"一词或许显得过于大而空泛，然而关乎"人"内在本身的东西大抵是一成不变的。《国风》的内容有极大一部分都有关爱情，爱与被爱乃人之本性。几句对白，加之所谓"赋比兴"的一番叙述与描写，脉脉含情的一颦一笑，望眼欲穿的悉心期盼，全都跃然纸上，如此生动形象。

　　我们时常说中华民族是一个极为含蓄的民族，若是读《诗经》恐怕对这一观点得不到证实。深究"含蓄"的原因，封建的桎梏兴许是其中之一，而春秋的先民还未被加上这层枷锁。自从秦始皇统一中国以来，中国人血脉里都饱含着对统一的渴望，而统一与思想的同化往往互为因果。已经变了味的"儒家"便长久地统治着曾生活在这广袤土地上无数本该属于自由的魂灵。他们懂得了"仁义礼智信"，懂得了"君君臣臣父父子子"的封建礼教，他们忠于一种稳定而牢固的社会关系。唐诗宋词佳作繁多，诗人词人们各个胸怀家国天下，以激昂的文字言说志向，满腔报效国家一展抱负的热情，这诚然是极高的精神境界。奇怪的是，我在字里行间总寻不到深沉热烈又百转千回的内心世界——我很难察觉到他们有在文字中流露出"爱"这样的感情。词中有写男女之情，多谓"艳词"，终归是伶工之词，难登大雅之堂，士大夫们无非是隐晦地写写青楼一梦，写罢自己许是觉得不好意思，推诿解释道"不过空中语耳"。我找不见"爱而不见，搔首踟蹰"的急切，找不到"君子于役，苟无饥渴"的深情。想来，他们偏偏失去了最真实而直白的自己。

子曰："诗三百，一言以蔽之，曰'思无邪'。"相比较而言，我想《诗经》的"无邪"正于古代先民传唱歌谣中那份放在时间长河中不可多得的真挚与热烈。这是最坏的时代，也是最好的时代：礼崩乐坏固然导致战争，导致社会秩序的混乱，但客观上也打破了先前森严等级的禁锢，使得人们获得了思想自由的新生——这是空前绝后的。《诗经》收录的民歌无论在形式上还是内容上都是自由而解放的。人们直抒胸臆，无所掩饰，没有词谱与格律的规定限制，人们用最质朴而简单的语言强烈地表达自己情感丰富的内心世界。我记得萧红曾说："我们不能决定自己怎么生，怎么死，但是我们可以决定自己怎样爱，怎样活。"遥想那春秋的十五国先民啊，透过《诗经》里一篇篇动人的诗章，我看到他们的灵魂在辽阔的旷野上飞翔：他们在真诚地爱，他们在真诚地活。

记读《四世同堂》

　　如果说《骆驼祥子》是在历史背景下个人命运对社会的投射，那么《四世同堂》就是一个时代之下芸芸众生的群像——如同托翁的《战争与和平》一般，我觉得这本小说是带有史诗性的。

　　或许透过这部小说，我才能真正理解"亡国"两字及其所包含耻辱的分量。

　　似乎在我们这一阶段的历史学习者，总是随着教科书而高高在上，毫不"体恤民情"。不是单说抗日战争本身，而是说我们整体的历史学习像是一种单纯的政治史。我们学习改朝换代，学习政府如何更替，却极少关心时代社会背景之下，人们日日夜夜过着什么样的生活。

　　幸而有《四世同堂》这样的历史文学作品，使我得以了解在日本侵略者大举来袭之时北平城中人民所过的日子。他们买不来新鲜的蔬菜水果，连用自己国家的货币都成了违法的事情；日本人可以随时封锁他们的街道、关闭北平的城门，可以任意把一个人无缘由地抓走然后施以毒刑；日本人在中国人的商店里强买强卖；孩子们被迫上街"庆祝"自己国家国土的陷落，向杀死自己同胞的人鞠躬致敬。

　　北平城的人们惶惑，因为他们不明白究竟是发生了什么。

　　真正能理解"民族"与"亡国"这两个词汇的人，寥寥无几。

其他人什么样子呢?

有冠晓荷、大赤包、蓝东阳这般趋炎附势之流。于是他们四处去"运动"来个伪政府的一官半职,对日本人卑躬屈膝,心甘情愿地做他们的奴隶,并标榜自己为"识时务者"。

也有在乱世中苟且偷生求安之流,这些人是大多数。他们先是深切地感受到了由于日本人的存在他们的生活变得艰难,变得不再那么符合他们的习惯与心意。他们恨日本人,一点不错,他们发自心底地恨他们。他们的仇恨无非是个人的恩怨。时日久了他们逐渐变得麻木,逐渐学会接受命运,似乎生活交给他们的一切深重的灾难都是理所当然的。

我们暂且抛开日本侵略者的残酷、无耻、血腥、恶毒,以及一切用于修饰这些侵略者的词汇,因为侵略者本身就无法理喻。所以我们不妨去看看那时的中华民族自身。对于普遍的中国百姓而言,所谓"亡国"或许不过是换了一个缴税的对象而已,并没有什么不同。或者说,他们觉得伯夷叔齐之类(如果他们知道伯夷叔齐的话)的行径确乎是很无谓的,改朝换代,是历史上常有的事情,这种坚守,大约看起来很可笑。

这些思想表现出的是一种民族意识的缺失。

适逢周末我参加了文学社的活动,幸由此机会,我对"民族意识"又有了更深层次的体悟。

在香山诗书园里我寻找到的是一个对我而言遗失了的世界:关于大家辈出的民国时代我实在是知之甚少。透过一封封已时隔经年但依旧饱含深情的手札,每一个字体,笔锋的每一个顿挫都显得有温度。这些信件,都是一种传承与纪念。

在诗书园的教室里老师对我们讲着属于那个时代,一些我从未听闻过姓名却足以担上"伟大"二字的人们的故事,讲着他们深厚的学识,讲着他们不屈的风骨。这些人物的经历我已难以一一复述下来了,唯独清晰记得老师最后的一段话:"民国时期的大家有家国情怀的自觉,那是不需要喊口号就会获得的对国家与民族的热爱。这份自觉,源于对中华文化的深入的了解与深切的认同感。"

正如老舍在书中写的那样，"亡国"的本质是失去按照文化方式生活的权利。

在乌合之众中，有提前觉醒的、有血性的人，他们大声呼喊，他们去唤醒那些麻木不仁，愚昧无知，忘记自己是中国人的灵魂。这些人的身影是丰碑，永远值得历史的后来者前去瞻仰。但是作为后来者的我们自己呢？我们也将有一天成为历史。或许在铺天盖地的爱国主义宣传之中，我们需要沉静下来思考民族意识的根源，正在于华夏文明之传播继承。

由《刺客列传》所想到的

战国后期逐渐在百家争鸣之中显现出优势的自然是法家。不论是魏文侯与李悝，还是秦孝公与商鞅的改革，我以为都是一种法制观念的形成。那都是在二十几个世纪以前的事情了，何况说现在已经是 2018 年了，我们正生活在一个自由民主公正法治的社会。单纯说刺客这类人，绝对可以称得上"社会不安定因素"之一，本该是被排斥的。司马迁何以颂扬他们，人们何以喜爱他们，最常提及的原因，大概就是所谓"侠义精神"。超越"侠义"，《刺客列传》留给我最多的是关于人的存在形式的思考。

有关"存在形式"，我喜欢《灿烂人生》的故事。那是一个拍摄于 21 世纪的意大利电影，写的是一个家族在近五十年中所历经的风风雨雨，刻画的是关于人生的群像。使我印象最为深刻的是一个名叫马迪奥的角色——他有着浪漫情结和维护正义的冲动，他对世事经常采取抗拒与冲撞的态度，于是他只好活在自己的内心世界而与社会完全隔绝。终于，他在新年漫天的烟花里从窗台上跳了下去。在我看来他的人生宛如是一场证明：人活着，从来都不是渐入死境。他和那些在新年之夜里同他一起熄灭的烟火一样，所谓"灿烂"，大抵如是。

专诸"擘鱼，因以匕首刺王僚"的一幕，豫让"拔剑三跃而击之"的时分，荆轲"左手把秦王之袖，右手持匕首揕之"的刹那，我脑海中都清晰地浮现出马迪奥的形象。也许他们都是一类人，只是方式和途径不同而已，追求的都是一种极致的存在。平淡是其反义词，庸常是不可容忍，那一个瞬间使他们永远被铭记。我想在他们看来，"一死生"实为虚妄，死之所以为死，是因为生的不容浪费，是因为生之为生的夺目耀眼。表面看去，这些刺客都将生命视作无足轻重的事物，然而我想他们的存在是极致与顶峰，是对生之为生的意义最大的实现与诠释。

或许在内心深处每个人在精神上都向往这种生命在一刻的夺目，向往这种无可比拟的浪漫——"是这耀眼的瞬间，是划过天边的刹那火焰"。现实生活之下留给人们的只有退让与妥协。我们日益发现生活中总有更多需要考量的事情，需要权衡的利弊，需要完成的责任与义务，需要扮演的角色，等等。理性与冷静深知一切的是与否，什么值得与什么不值得，什么应该与什么不应该，于是日子也便这样一天天地过下去，过得安逸舒适，过成周围的每一个人都认可赞同的样子。像流水一样平淡无味，却真实地向前流逝着。选择何种存在形式本就没有对错之分，我们没有前世的经验可参考，也管不了后世那么遥远。我们应当如何存在？我不知道。理性与感性往往给予我们相反的答案。只是在我看来，人之为人的冲动与一腔热情，浪漫甚至疯狂与怀抱着的理想，所有不问前程的勇敢，让生所以生，让存在拥有意义。

还未变成明天的暗夜，在寂静里奔波

小时候刚有了一台 iPad，在 iBook 书架里面下载的第一本书即是《呐喊》（出于免费的缘故），每日闲暇便翻阅几页，不过实在是不明所以，于是半途而废。后来初中又读，我当时便只以为在教室里读鲁迅是一种显得自己比旁边做数学题的同学更有思想的行为，强令自己读下去，一篇又一篇——语言不算艰涩我已谢天谢地，然而最终还是所获甚微——直到高中我才渐渐明白，读书过程中单纯地让文字经过视线与所谓"思想"之间隔着的天壤之别。"花边体"随意翻翻也罢了，对《呐喊》这样指向性极强的文学作品，不仔细反复地读的确会遗漏太多。

我们很难单谈《呐喊》而不谈鲁迅，或者说，其实很多时候我们在谈《呐喊》本身就是在谈鲁迅。读《呐喊》《野草》，读《鲁迅日记》《笑谈大先生》，走访绍兴会馆，参观八道湾十一号院，借种种机会，鲁迅在我的印象中逐渐丰盈而成为一个人，不再单是"文思革"或背文学常识的时候某某篇目的作者。供奉在神坛上的刻板印象着实不足取，于是被"去符号化"的鲁迅一个又一个出现了。他具有多重身份，大概是好的儿子、好的父亲、好的朋友……他在生活中是一个很有趣、很幽默的人啊——研究鲁迅的人们纷纷说道。不可否认，把鲁迅的形象变亲近是有助于人们走近他的，但我想这毋宁说同样也是刻板印象的产物，因为这时大家都晓得了鲁迅是一个伟大的人便开始了对他的研究，到头来却是彻底忘了他究竟伟大在何处了。正如钱理群先生所言，事实上我们的民族我们的文化里并不缺好儿子、好父亲、好朋友，所以我们为什么需要鲁迅？这里追问的才是鲁迅之于我们独一无二、无可取代的价值与意义。

鲁迅的作品我读的算不上多，对他人生经历的了解也同样有限。然而靠仅有的一点知识，却也能说明不少事情。《药》中在坟头默默绽开的小小红白花圈；《野草》里引用裴多菲的"待你牺牲了你极多的宝贝，她就弃掉你"；《故乡》里面一句"正如这地上本没有路：走的人多了竟也成了路"；《明天》结尾处我尤其喜爱而用作标题的"只有那暗夜为想变成明天，却仍在这寂静里奔波"：想来这都是鲁迅在绝望与希望之间的彷徨。这一个个故事里面的色调是忧郁的——不，我想说是阴森的更贴切；语言间的冷峻更是令人背后发凉。这是他审视世界的角度，这是他对人间百态旁观般的冷静。有人给鲁迅以"民族魂"这般的头衔，想来颇觉讽刺，《笑谈大先生》里写"一个好的怀疑者是一个坏公民"，的的确确。人们本性都是趋向于被体制化的，逐渐习惯于信服于自己所一贯适应的，被不断灌输的观念、思维方式等等——但鲁迅是社会的异类。他是与主流价值观相悖逆的，是要打破秩序的。想要"跳出来"，对世界不留情面是很难的事情，这需要一种难得的无情——但这无情远远不是伟大。"真的猛士，敢于直面惨淡的人生，敢于正视淋漓的鲜血"，但直面与正视，绝非为了一声蔑笑——如果只是纯粹的无情，那他又何必总在心里保留着那一丝的希望，又何必在那铁屋子里还怀抱着"宁鸣而死，不默而生"的信念不住呐喊呢？鲁迅对他的时代心怀怜悯，心怀一种知其不可为而为之的勇气，这是他作为那一代知识分子的底色与良心。他并非跳出被时代与社会裹挟着的洪流，只是在岸边静静旁观点一支烟，"不得其时则蓬累而行"，他企图拯救国人，他企图改造"国民性"，用他的文字，用他的呐喊。他不为收编谁，不为使谁信仰他，鲁迅的意义在于促使人们去继承他的怀疑精神，去继承他去唤醒拯救那个无可救药的世界的信念。

有贬损鲁迅者，声言鲁迅做的，不过是破坏和批判，却没有什么建设。钱理群先生在他文章中为他辩护了许多，鲁迅在文学领域的研究与造诣我不了解具体，没资格评说什么。只是从我的理解来看，破坏本身，难道不已然算是一种建设了吗？有些时候我们故作深刻地说什么，"光把旧世界打倒了，新世界还没准备好呢"——可若是旧世界不毁灭，那新世界将如何准备？新世界将何去何从，鲁迅没出声，或许不是他的无能，是他的无奈。反观今日，鲁迅当初那一点"无所谓有无所谓无的希望"究竟如何了呢？或者说，他渴望改造出的"国民"，真的是这个社会需要的吗？留下的回答，恐怕仍旧是长久的阒寂。

> 把你们绝望的人，你们迷茫的人，
> 把你们渴望看到胜利之光的畏惧徘徊的人都给我
> 把那些精神失落、是魂在流浪的人都送来：
> 在这金色的信念旁，我要为他们把灯举起。

还未变成明天的暗夜，在寂静里奔波

生命

——记读《兔和猫》[①]

　　"假使造物也可以责备，那么，我以为他实在将生命造得太滥了，毁得太滥了。"语文课上尹老师也讲到了，《兔和猫》同样是复仇的故事。兔和猫都是被赋予了意义和代表物的具象，说到底，是鲁迅对猫这一种残害与吞噬无辜的生命行为的复仇。正如钱理群先生在文中所写的那样，这就是鲁迅所倡导与身体力行的，超越国家、民族甚至人类的"生命之爱"。其所谓"无穷的远方，无数的人们，都与我有关"，可能是不局限于什么"家国情怀"的，也许这意味大抵在于这种"自我心灵与宇宙万物的契合"。

　　如果谈及人类对生命最初的自觉，大概就必须要谈到人文主义，而《狭的笼》里虎的觉醒大约也正可以反映这一种精神。但是在这里，我借人文主义并不是想把人类与其他生命划分清界限或者剥离出来，更多的还是想进行一种普适性的探讨。人文主义强调对每个个体自身的关怀，注重的是"自由平等"和"自我价值"，这是美好的理想，甚至将要成为一种近乎宗教性质的信仰。对现世幸福的追求，个人的情感和喜怒哀乐的尊重与保护，人文主义精神将人的意识（也许这个词不太恰当，但近于这个意思）从他们大约永远不可能等同的社会地位与自身境况中抽离

---

　　① 《兔和猫》是鲁迅于1922年创作的一部短篇小说。这篇小说写一个家庭主妇三太太在夏天给她的孩子们买了一对小白兔，小说就围绕着兔的出现和消失展开起伏曲折的故事情节，表达了作者对弱小的同情，对随意欺凌弱小者的憎恨。

出来，使每个人的悲喜和感受与自我价值归于平等，这显然不乏一点纯粹理想主义的色彩，可着实是十分令人感慨和感动的。

我于是就想起来前一段时间和一位朋友争论过的，关于"生命平等"的种种，似乎想想也和这个命题是有所关联的。很多当时我们提出的问题，或许可以引起一定的思考：世界上的所有生命（例如不同的阶级之间的差异，又或者例如一个人与一只草履虫）是否从某种意义上来说都平等？如果答案是肯定的，那这种平等又将以什么样的形式体现？我本来不假思索地回答说，从意识上和情感上无疑生命都是平等和等价的，不料她反问我说，既然你说都是平等的，那又为什么每个人或个体从生下来的那一刻起就不能拥有同样平等的追求幸福的权利和能力？非实际上的平等又存在意义吗？我居然一时有点语塞。

话又说回来。《兔和猫》的故事其实首先反映出来的是一种事实上的不平等。猫对兔无辜生命的残害本质上是强者凌驾于弱者之上的一种表现，三太太对每一只小兔的悉心照料可以理解为对这种平等的心愿的追求，而书箱里的"青酸钾"则是"对生命的奴役、残害的绝望的抗争"。虚构是写作者直面现实的勇敢，的的确确，在这样一个趋于模型化、富有象征意义的故事中，这种反对不平等的愿望可以在文学作品中最终用"我"的复仇的方式来实现，然而在现实的情况中，却很难挣脱生命"人不知鬼不觉地丧失了"的结局，"苍蝇的悠长的吱吱的叫声"也还是没有人听到。其实从客观上来说，三太太和迅哥也都无法阻止黑猫抓走了残害了那两只小兔。于是有关"实际平等"的追问只好暂且被搁置下来，鲁迅也没有办法，他预备的复仇也无法挽回逝去的生命，只好责备造物主"将生命造得太滥了，毁得太滥了"，从被动的层面来看，隐隐地就浮现出一种束手无策的无力感。

伪善的人们一边怪罪屠宰场的残忍，心疼那些死去的动物；一边又自己在餐桌上大嚼特嚼吃得津津有味而不自知。其实呢，对于生命的重大命题，他们也丝毫不关心，一如《兔和猫》里起初觉得那些兔子可爱有趣，最后对它们生命的逝去又漠不关心的孩童们。或许有点老生常谈，但我还是认为相比之下，客观上的无能为力并不可怕，最为致命的大约是这种认知上的麻木。

我渐渐感到"芸芸众生"确乎是个很意味深长的词。每个个体因各自独有的意识与价值而从芸芸众生中站出来，具有特殊性被赋予存在的价值，而正是因为"造得太滥了，毁得太滥了"，在有限的社会与自然资源之下每个个体的特质无法都被珍视，绝大部分的那属于自己的一点光亮，都会因为群体的庞大而被淹没，变为渺小和脆弱，变为可有可无的尘。这样看来，从主观上来说，实际意义上的生命平等与独立既然无可实现，形而上层面的信念上的生命平等可能是对人文主义这种理想最后的一点坚守，而对"生命之爱"的呼唤则是这种执念的表达方式。鲁迅在这个问题上也许依然是绝望的，但毫无疑问的是他也同样在反抗自己的绝望。我忽然无端地想起他在《墓碣文》中写着的那四句话："于浩歌狂热之际中寒，于天上看见深渊。于一切眼中看见无所有，于无所希望中得救。"

《史记》的意义

历史并不仅仅是一种由死人积累的知识，也是一种由活人塑造的体验。这种人生体验和超越生命的渴望，乃是贯穿于文学、艺术、宗教、哲学和历史的共同精神。

——李零《我读〈史记〉》

读《史记》常常使我想起钱穆先生所言的我们都应"对其本国已往历史有一种温情"。历史到底有怎么样的意义，我说不好，但我想历史之于人类社会的价值绝不在于一个个冰冷的事实——某年某月某日发生了什么事情，或许在历史课本里还需要背诵下来这事的影响，诸如此类。然而它"并不仅仅是由死人积累的知识"。《史记》采取纪传体的好处就在于以人物为写作的主体和中心，司马迁以一个个人为缩影，反映一个时代，反映一种精神。这就为后世的史学家提供了范版：历史是有血与肉，有感情与生命的。

《史记》文字之生动是毫无争议的，其文学价值的崇高更被赞为"无韵之离骚"。司马迁写《孔子世家》便去鲁地，去曲阜看孔子庙堂的车服礼器，看习礼的儒生，与他们一同讲学，所以他对于孔子"高山仰止，景行行止"的仰慕是他发自内心的真诚；他写《魏世家》，写《信陵君列传》，就去造访大梁——看那些遗迹，还居住在那里的人对他细细讲述着，"秦破大梁，引河沟而灌，三月城坏"。他所写下的东西不仅是对其他史书材料里干枯文字的整理，还是他亲自到达过的场景。身临其境，他内心有共情，于是每个人物形象都饱满与复杂，细致入微，使之读起来深觉妙趣横生。

自然而然，当《史记》以这样一种形式呈现在人们眼前之时，司马迁写作所体现出的"倾向性"也有时为人所诟病。主要来自两方面，其一乃是价值观的不认同，班固对司马迁的评价正是如此，所谓"是非颇谬于圣人，论大道则先黄老而后六经，序游侠则退处士而进奸雄，述货殖则崇势利而羞贫贱"，以为其荒谬至极；其二则是他作为史家，似乎不应当加之个人的情感在其中，如此一来难免春秋笔法，无可保证历史真相的客观与冷静。

我无意为司马迁和《史记》辩护，此两者或许自有他们的道理，人文领域讲求的也不过"自圆其说"。但是细细一想，《史记》之于司马迁的意义到底是什么呢？我个人以为是他自我价值的实现，是他自身观念的输出，这早已超出一个个历史事件的具体过程本身了，"历史"已经超过了作为研究的"对象"。透过《史记》，他表达的或许是与他的生命实践已经融为一体的立场。有人叫这种"立场"为"史观"，但在司马迁这里，它是他对世界的感悟和体验，也是他对于世界的衡量和判断。

前些年颇为流行一些"某某某说史记"之类的节目，平心而论，我很难真正接受这一类戏谑的调侃，我总感觉对待历史我们需要怀着些许的敬意。于是这些节目最后也常常变为戏说历史故事，博得大众一笑，这是后人的无知与敷衍。司马迁他从不想提供什么茶余饭后为了故作高深的谈资，他或许也从未指望所有人都能领悟他的思想。他以不寻常的毅力与忍耐，等待不可能的到来，哪怕他明知他死了再也看不见，他也期待"后世圣人君子"读懂他，也读懂他所指向的是与非、善与恶。

《霸王别姬》：如戏，如人生

看到程蝶衣最终拔剑自刎，心里好像有块石头终于落了地；生的挣扎与矛盾的纠缠终于结束了，我是真的替他感到解脱。虞姬死了，程蝶衣死了，张国荣也死了；戏里戏外，其实本无差别。

十一年后，空荡荡的戏台上，《霸王别姬》两人正唱到一半，段小楼连连感慨，自己是老了，不行了。短暂的沉默过后，他又突然唱了一句"我本是男儿郎"，程蝶衣几乎是不假思索地接口"又不是女娇娥"。段小楼笑说："错了错了，你又错了。"

程蝶衣于是在那一刻幡然醒悟：是错了，全都错了。

从他转身拔剑、自刎，再到段小楼的疾声呼救，这个过程镜头切换得简单极了，几乎没有一点拖延。画面慢慢暗下去，而影片也就这样进入了尾声。演职员表往下走着，我对着电视机，有点恍惚。

关于程蝶衣的人物形象，我想主要是蕴含了两个潜在的矛盾点。其一是他自身性别与自我认知性别之间的矛盾，其二是他自身的执念与整个奔流向前的时代之间的矛盾。他一度饰演虞姬这一角色的成功，无疑是奠定在这两个内在的矛盾之上的，影片中屡次提到的"不疯魔不成活"，其意味大抵如是；而把美好撕碎的悲剧，也正酝酿在这矛盾与挣扎之中。直到几十年的爱恨情仇之后，当程蝶衣终于面对了现实，他所执着于的一切皆化成荒谬和虚无，而所有的所有，也都无非成"人间一耽"；"错了"二字，已经概括得明明白白。从内容上来看，这两个矛盾的制造与不断地纠缠，基本上构成了整部电影情节推进的主线。

先说第一个矛盾点，也就是他自身性别与自我认知性别之间的矛盾，我大概想到了影片中的几个细节。

影片开始，小豆子做妓女的母亲艳红为了送他进入戏园的时候。寒天里在小豆子的手指冻得失去知觉以后，母亲用菜刀把他的第六根手指切掉了。喷出来的鲜血溅了她一手，小豆子被吓得号啕大哭。我不确定这里是否有过度解读的问题，但从我个人的理解上来看，将小豆子的情况设定为六指，以及编排将他手指切除的情节，肯定都不是毫无意义的；对他多余一个手指的去除，也许类似于一种隐喻和暗示，而这是这个矛盾开始构成的楔子。

第二个情节是在小豆子被选作旦角之后，在练习《思凡》的时候，他把小尼姑色空的念白一次又一次地说错成"我本是男儿郎，又不是女娇娥"，即便师父一遍又一遍地纠正他也依旧无济于事。那是他潜意识里还在挣扎的男性性别认知，无法接受自己角色需要女性化的事实。于是被师父痛打，被师兄用烟锅戳得满嘴是血之后，最后终于说出来了"我本是女娇娥，又不是男儿郎"的台词，这是他对性别认知的转换，逐渐从抗拒到了妥协。

另外一个细节，是程蝶衣在街头看见弃婴的时候（也就是后来的小四）。他下意识地就要抱他走，师父说人各有命，还不如把孩子留在那里，他却没听师父的劝告也不顾师父的阻止，还是救下了他。昏暗的灯光下，程蝶衣以一种我很难刻画的目光望着这个婴儿，然后轻轻地，小心翼翼地为他盖好了被子。到了这个时候，程蝶衣身上体现的母性已经淋漓尽致地爆发了出来。在这个过程中，这一个本不存在的矛盾与纠结，被人为地制造出来；而程蝶衣的态度是从抵抗到慢慢妥协，再到已经完全认同和接受自己女性化的身份了，这也就为后续的故事和纠缠埋下了伏笔。

小豆子在戏班子学戏的第一天，边压着腿边听见师父说："是人哪，他就得听戏；所以呀，有戏就得咱梨园行！"这话里，仿佛把戏与时代变化给划清了界限，成为时光之外的一种永恒。似乎是说，不论这如何改朝换代怎么沧海桑田，戏永远是人们亘古不变的娱乐消遣方式。那么这就引到了第二个矛盾点，即程蝶衣自身的执念与时代变迁之间的矛盾。这应该算是整部影片中给我感触最深的部分了，实在让我想流泪。程蝶衣的的确确听了师父说的"从一而终"，他并不知道也不关心他表演时台下的观众是谁。大清的太监，民国的戏迷，国民党还是共产党，是日本侵略者还是"劳动人民"；欢呼叫好掌声雷动，还是一片阒寂杳然，他都不管。国民党伤兵在台下拿着手电筒晃着戏台，对程蝶衣开着下流的玩笑，有人煽动起情绪，他们砸了场子。人群在躁动与厮打中离开了戏园子，留下一片寂静给戏台上的程蝶衣。人走得不剩谁了，灯光全暗下来，程蝶衣依旧在那里，头上的盔头摇晃着，而他还继续唱他的"自从我随大王东征西战，受风霜与劳碌……"时代的大河向前而去，他自己还坐在岸边的原地，痴痴地望着川流不息的河水——他飘在时代之外，成了真的虞姬。他演戏的成功自然正在于这份痴绝，也还是这份痴绝把他带向深渊。

段小楼一次又一次地说"那也只是戏啊！"程蝶衣一次又一次地以沉默无语相应。

"打从这起，历史的车轮怎么转都一样。唱给张公公是唱，唱给青木是唱；唱给袁四爷是唱，唱给宪兵是唱；唱给解放军是唱，唱给劳动人民是唱，到底在这个戏园子。最后还是得醒了，什么历史是螺旋式上升，上升没上升不知道，就在那儿螺旋呢。"

近代中国历史的重要事件在影片里都或多或少地留下了痕迹。抗战结束以后，随着解放战争打响，国民党军渐溃退，全国迎来解放。在红色的波浪里传统京戏不再服务于政治需要，现代戏成为受到鼓励的主流。一桌人围坐讨论起现代戏的好坏来，程蝶衣的天真简直让人心疼。他只顾着说自己怎样觉得，他说现代戏"太实了"，不比传统戏的"意境"所在。几句话的事情，祸从口出，在后台扮好装的他只得看着另一个虞姬将准备上台的他拦下，嚣张的气焰。他曾经在不自知中犯下的罪过和说的"不正确"的话，都在日后成为将他彻底击倒的武器。影片中还有好几个片段给了程蝶衣卧在床上，留着长发，吞云吐雾抽着大烟的镜头。在无法和解的矛盾与挣扎中，面对和社会已经产生的巨大裂痕，他除了逃避，别无他法。这个时候再对照着看小四。小四这个人物的塑造在我看来是很丰盈的，有不趋于脸谱化的真实。他也想成角儿，也不能说他不爱京戏，但他已经无法接受旧社会戏班子里的严苛训练，他想着的是学现代戏走时代的捷径。他和程蝶衣的不同首先奠定在不同的成长环境之下，他怀着对旧社会的一点眷恋还是拥抱了新时代，而程蝶衣不改变的执念，是他对那个已逝世界的忠诚。

"楚霸王都跪下求饶了，京戏能不亡吗！"

京戏被变化的时代抛下了，不再成为需要，只能作为曾经的历史和用来追思的回忆。菊仙也不让段小楼唱了，京戏也不再被吹捧和追求，单剩下程蝶衣自己一个人，孤独地面对劫余的废墟和灰飞烟灭。他不愿承认，也不愿"与时俱进"。这看起来就很自相矛盾，因为他的行当不允许他与社会脱节（甚至可以说是完全依赖于社会的需求），自然他不得不身处时代之中，而他自己却已经和这个社会渐行渐远，仿佛是一个悖论。可能这样的类比不太合适和恰当，但每当我看到程蝶衣目光中的落寞，我总能或多或少地联想到静安先生投湖而去的背影。每一个人活着总是依赖于一种类似于信仰的东西（但并不必然是宗教，每个人总是有的，也许我们自己都没有意识到是什么），否则极容易陷入"没有理由去死，也没有理由活着"的尴尬与空虚的境地中去。程蝶衣的信仰在于戏，甚至不是单纯的戏，而在于一种已经逝去的价值体系，在这一点上，我以为和静安先生是相仿的。新时代，没有人再听从和遵循他所执着的信仰了。正如小四在离开曾救他、教他、养他的师父的时候，撂下了这样的话："您说的那些，在旧社会，我信；但是在今天，我不信了！"程蝶衣望着门，听着小四的话最后飘散在街巷中去，怔怔地立在那里。

《霸王别姬》当然并不是程蝶衣一个人的故事，虽然主体是他，它同时也描摹了一个群像。段小楼、菊仙、袁四爷，穿插其中，爱恨交织，故事得以丰满完整而动人。仿佛是什么定律一般，伟大的作品往往指向虚无，《霸王别姬》或许也不例外。在新旧交替的波澜壮阔里，《霸王别姬》从程蝶衣们的视角写出了单一个体在时代变换下鲜活的人生。有对人性的书写，有对命运的感慨，见证着这样的人们面对命运的无力，一步步地看着他们是如何被社会所改造，最后又是如何被社会所彻底地抛弃。结尾那一句"错了，你又错了"，好像为整部电影做了最简洁而明了的脚注。程蝶衣坐在时代大河的岸边看着眼前的残垣破败，最后还是选择自沉到了水底，被时间不断地冲刷，被从未到来的人们彻彻底底地淡忘。

行行重行行

萃锦园吊奕䜣

在北京生活了十余年，应当也算一个不短的时间了。如今家更住在皇城根，走去北海、后海不过是几分钟的事情。而曾经，我甚至还在柳荫街上的大凤翔胡同里上过几年的英文课。即便如此，我居然还从未踏入过恭王府一步。直到最近，才得闲造访。

适逢前一段读了姜鸣先生的《天公不语对枯棋》，讲的正是晚清的政局人物。恭王府，与和珅、与奕䜣密不可分的关联，使它获得了"一座恭王府，半部清朝史"的殊荣。

从地势上看，恭王府是建府建园的风水宝地：东部、北部被什刹海环绕，向西望去隐隐约约可见西山的轮廓。晚清另外两座著名的王府——醇王府和庆王府也都在这附近。1988 年，恭王府花园对外开放，2008 年恭王府完成府邸修缮工程后，全面对外开放。

在此之前恭王府的身世大抵如下：最初是乾隆宠臣和珅的宅邸，乾隆年间这里门前冠盖如云，极一时之盛。嘉庆四年和珅没后，花园被嘉庆赏赐给了其弟永璘（嘉庆四年）——再后来将这座花园改派给恭亲王奕䜣居住的时候，是咸丰元年，即 1851 年，清末重要政治人物恭亲王奕䜣成为这所宅子的第三代主人，改名恭王府。而从此，这个府邸与花园便在近代史上留下了它的声名。部分归为辅仁大学，再至成为中国美术学院、中国艺术研究所等单位的工作场所，那是后话了。

如今的恭王府花园，透过曲折蜿蜒的小径，雕窗墙影，青竹与桂花，看不到变幻莫测的政治风云，只能看到满族王公优雅恬适生活的痕迹了。国庆节假期的萃锦园游人摩肩接踵，其实本该属于这园子的清幽也不大容易寻到了。或许是对于晚清历史的臆断与什么别的，步行于恭王府之间我感受不到过多的风雅或精致，更多的是一份源自历史的厚重。

回溯时光，我很愿意了解这座园子主人的生平。作为历史的后来者，我也愿意给自己留一份想象的空间：若是奕訢而不是奕詝继承了皇位呢？中国近代的历史或许能有所不同？这种臆测是毫无意义的，但是我想如果诚然如此，奕訢在1851年继承皇位，中国大概同样面临西方资本主义列强的滔滔波澜，太平天国的起义也依然会爆发，但是奕訢的眼光以及处理方式，肯定是截然不同的。

奕訢当政的机缘是与两宫皇太后联手发动北京政变，捕杀咸丰安排的包括肃顺在内的八位"顾命大臣"。虽说如此，可是奕訢与肃顺在用人方面有着相同的见解：那便是，要拯救大清，须重用汉人。其实在此之前，清廷对汉族官员的比例控制得极为严格，高级官员，满人居十之六七。肃顺曾举荐过胡林翼、左宗棠、曾国藩等人，而也是奕訢给予了他们更大的信任与权力。奕訢以议政王的身份代表朝廷命曾国藩管辖江苏、安徽、江西、浙江四省军务，清朝史无前例地将军政大权交给汉族官员，为平定起义创造了重要条件。

奕訢对于中国近代化的贡献亦是不可忽视的，不同于许多当时的朝中大员，他是一个能看清世界大局，对于西方外来的科技思想持以一个正确且前瞻的态度的人。从设立驻外使馆、兴办近代学校、派遣学生留洋，到引进外国武器、创办近代工业、建立新式海军，这场轰轰烈烈的"洋务运动"给中国近代社会带来的巨大冲击和影响，大概并非历史课本上那么单薄的几条。而奕訢的历史地位，也正是因此奠定的。1867年4月6日，奕訢向皇帝呈奏的那个极为著名的奏折里体现了他寻求中国自强之路的心路。其中颇有感人肺腑，振聋发聩之语：

> 臣等反复思维，洋人敢入中国而肆行无忌者，缘其处心积虑在数十年以前，凡中国语言文字，形势虚实，一言一动，无所不周知，而彼族之举动，我则一无所知，徒以道义空谈，纷争不已……如学习外国语言文字，制造机器各法，教练洋枪队伍，派赴周游各国访其风土人情……凡此苦心孤诣，无非欲图自强……虽冒天下之大不韪，亦所不辞。

奏折里我们可以清晰地看出青年时代的奕䜣勇于任事，从1862年到1884年的二十余年里，奕䜣一直处于中国政治最前沿的旋涡之中，左右着中国近代历史的发展。后来中法战争爆发，奕䜣与整个军机处皆被慈禧太后一起开缺，于是奕䜣在家中整整赋闲了十年。萃锦园中，正对园门的假山之前，竖立着一块太湖石，上书"独乐峰"，是借司马光失意时所作《独乐园记》的典故。奕䜣如此抱负、如此才能，最终依旧斗不过慈禧太后，着实是令人喟叹，隔着并不太遥远的时空，奕䜣彼时一片荒芜颓败的心境，我们也颇可揣测体悟了。

十年赋闲的修炼使得奕䜣看淡了许多，在恭王府这座园子里，岁月如温温的小火不断煎熬着他。奕䜣渐入老境，思想也趋于老化保守，1894年中日甲午战争爆发，当李鸿章、翁同龢再次请恭亲王主持大政之时，他却以敷衍的姿态使世人大失所望。这十年间他的观念也在发生转变，后来的戊戌变法他更是上书光绪以示强烈反对。于是维新派人物便将他视为死对头，视为阻碍中国维新变法的重大阻力，而把他的去世看成是推进变法的历史机遇。恭亲王的这种结局大概是政治舞台上许多老者的通例。此时的他若是再想起自己当年万丈豪情、锋芒毕露的奏折，真是不堪回首话当年了。

奕䜣赋闲的十余年里，消磨着才华与生命。我找到了他玩弄技巧的笔墨游戏，有八卷的《萃锦吟》。他忧郁的心境与悲戚的命运都在这些诗中有所体现，我想他这一首给前军机大臣宝鋆的诗来描画他自己的一生再恰当不过了：

　　　纸窗灯焰照残更，半砚冷云吟未成。
　　　往事岂堪容易想，光阴催老苦无情。
　　　风含远思翛翛晚，月挂虚弓霭霭明。
　　　千古是非输蝶梦，到头难与运相争。

后海夜游

荷花市场的牌坊还没有被暮色吞没。我从护国寺那一片幽深而曲折蜿蜒的街巷里穿行而来，闻到这一塘荷香已经是天色尽墨华灯初上的时分了。六月末来这里，八月末又来这里，一池荷花和田田莲叶的景象又能有多少分别呢，无非是换了不同的心情。物是人非，这词汇里好像自带着一种怀缅与眷恋。我并没有如此心境，然而现在看来却也是十分恰当的形容了。

最近两回来后海，都是盛夏的上午。树影横斜间有一种宁静与慵懒，灰瓦墙壁之间偶有车铃的声响。一张方桌，围着下棋与旁观的人。步行其间，仿佛能感受到时光的柔软温馨，也被一种静谧的氛围所笼罩。

如今傍晚来又是另一番景色，我还颇觉新奇，显然我早已不记得小时候曾在中秋节的夜里划着船看月亮的场景了。后海水畔的路灯颜色昏黄得有些过头，好像隐藏着一种凄楚与说不清的缠绵。湖对岸灯火斑斓，但其实我所在的这一侧也是一样的，只是由于这距离我可以看见在水面上的倒影。说到底我是心里觉得灯火斑斓里面的彻夜笙歌与灯红酒绿与我毫不相干而已。

摇橹船上挂着灯笼，我很自然地想到"笼灯迎竹外，摇橹到沙头"的词句。在灯光里我察觉到红，察觉到祥和。北京夏日的天空总是澄澈，几颗星星的光辉在天幕中明亮而坚定。然而人群是喧闹而嘈杂的,熙熙攘攘之间回荡着街边的酒吧里音量很响的忧伤的情歌。灯光迷乱人潮拥挤,看起来与一派安详的后海夜色全然不相称。有些时候,我觉得周围的人越多仿佛就会越孤独——但这种孤独不是寂寞,不是感伤,是一种超然于一切情绪之上的感受。

很多时候我喜欢被人海围成孤岛的感觉,这样的时刻我能分外清晰地感受到自己。与我年纪相仿的人们往往会觉得别人永远无法理解自己,感叹知音难寻,我亦何尝不是如此。在人海之中,在微风与柔波的低语之中,我转念想,我们何以要让他人理解自己呢。每个人境遇本不同,认知世界的方式也自然不同。他人并没有义务来理解我们,我们也许也没有能力去理解他人。

这几日放学之后我留下一起打扫值日,由于刚开学的缘故,清洁用品并不齐全,便不得已要向其他班借。隔壁是数学竞赛班,我进去喊了声报告,说要借一把笤帚的时候,他们正在奋笔疾书地考数学卷子。走过楼道,我想虽然我可能此生也无法懂得他们,但是我猜那个抽象与绝对理性的世界也应该是格外绚丽多姿。相互理解与认同大约对于他们和文科班的我们而言都是不可能的,我们唯一能做的只是尊重与欣赏。因为我们的区别在于观察世界的角度,但相同的是我们观察到的世界都是一样的精彩。

柳荫深锁

北海和后海只隔着一条大街，但这条街仿佛是分离了两个世界。也许幽静深远，本是它们共同的夙愿，只是造化与缘分予了两个园子不同的命运罢。

步行而来，每个周五的黄昏皆是如此。但这次将去的是北海公园——我甚至不记得我曾来过这里。走过漫长的地安门西大街，晚霞残存的微光已经快消散尽了，暗蓝色的天空渐变为深重的黑。傍晚时分车流少了些许，路灯昏黄地照在树与红墙上，营造出一些无可分辨言说的意境。然而路人来来往往，在张望着叫喊着，街道依然繁华热闹。

平静无声与夜的彷徨将嘈杂大街一旁的这座园子吞没得彻彻底底。

我的感官最初捕捉到的是园子门口清冷的水声，与黑暗中隐匿着的浮光跃金。园子里游人很少，只有几只困倦的猫斜倚在灯下的长椅上，而风吹来的仅是湖畔柳叶的窸窣与水波的低语。白塔的亮光与塔尖那颗星星的光辉在默然中显得尤为空寂。正如同我喜欢迷失于后海的人海中一样，我也爱这里除却松涛阐明与水声之外没有声响。

然而这种安静不是虚无，就似寡言并非是无知一样。无言中大概蕴藏着的是深刻，你看，在这里站立了不知几百年的古木从来都只是静静地看着世事的沧海桑田而已。

最近读了史铁生写的《我与地坛》，对地坛多少心生向往。母亲说地坛大约早已不是书中所描绘的那个荒凉静寂的园子了，但是我总觉得有些东西终究不能被表层的遮盖就被忽略掩饰过去。许是怕自己失望，我迟迟也没有到地坛去。

可幸的是，北海这座园子的一派静谧还依旧本真地流露着它的隽永。在深沉夜色中，在繁密的柳荫之下，白塔对岸慢慢走着，我总不自觉地会产生关于同一片土地之上种种往事的遐思。我无端地，有种执念般地相信曾经在这里发生的故事都与我有关。我们在渺茫的宇宙之中由于空间刹那的交叠而被联系在了一起，我与这座园子共同拥有着一样的世世代代相传的文化与不灭的历史，而亦身处其中——这大约正是一种情结、一种情怀。于是我们因为这种情结与情怀的存在，竟能如此亲切地感受到早已在千百年前就逝去的人们、千百年前就发生的故事、千百年间无言伫立的古木院庭，依旧与我们血脉相连。

行行重行行

南方的一切在我记忆中总是那般温柔静谧，与世无争得仿佛是偏安于时间之外的一个存在。清晨当我们从大巴车上下来之时，我知道我是走在苏州的晚秋里，而风依然是轻轻的，阳光依然是柔和的，万事万物营造出一种寂静祥和的氛围。拙政园的确是我盼望已久的目的地。或许不为某具体风物，无非是渴求在到达这一确定地点时心中自然而然生出的感受而已吧。

平心而论，相比于诸如颐和园与避暑山庄这类皇家园林的雄伟气势，我偏爱于江南园林的小巧精致。蜿蜒曲折的小径通向某一幽僻的所在，光线透过花窗映成明灭斑驳的影，环绕的池水中漂着几叶小船。在来程的高铁上读了一部分的《园冶》，注释中颇多引用拙政园之例。与此同时也读了些许关于这里的诗词，于是再看到这些实物自然倍感亲切。透过一句"秋阴不散霜飞晚，留得枯荷听雨声"，或者是一座时隔经年的古石桥、一扇雕刻精美的木门，甚至是一棵我觉得大约有些年头的古木——我蓦然间觉得它们作为时光的证人永远将我与已经消逝了的人事紧紧联结在了一起，那大概正是一种跨越漫长历史的情感与精神的共鸣。

　　所以我静静地走、静静地看，付以最诚挚的心去体悟蕴含在这一砖一瓦一草一木间的每一分美好。不知觉间它们在我脑海中渐渐从具体的形象中抽离出来，它们渐渐都化作一片朦胧而温馨的寂寥，它们化作一种具有普世性的意境——仿佛一片烟雨，笼罩着整个江南。

　　然而我在继续的行走中也慢慢懂得，属于"江南"的气质，似乎是一种类似"外圆内方"的感觉。江南的外在看上去是那样的温婉动人，美得近乎脆弱。但归根结底，其实是不然的。因为我亦清晰地明白，在这表面的柔软之下，却是一副副坚不可摧的、铮铮的江南风骨。

　　无论是李家声老师在五人墓前慷慨激昂的一番话，还是王楚达老师所做的关于"天下兴亡，匹夫有责"的讲座都带给了我极大的震动，引发我不由自主地去思考许多我之前甚至从未想过的问题：关于家国情怀，关于某种我们注定被赋予的社会责任。五人墓碑前，我们一字一顿地读着"五人生于编伍之间，素不闻《诗》《书》之训，激昂大义，蹈死不顾……亦以明死生之大，匹夫之有重于社稷也"；人文讲座上，楚达老师讲的魏晋政治的黑暗与那时的文人风度——这一切的一切——在我看来都是由于知识分子这一群体的不作为而导致的直接后果。避世，或者是入世，每个人选择固有所不同，这诚然无可指责。但无论哪一种选择，我都相信不足以成为开脱一个读书人对于社会所负有责任的借口。在江南这一方土地上，有颜佩韦、沈扬、周文元、马杰、杨念如这样通过自己的反抗来推动历史前进的平民，有李香君这样以死明志具有操守的歌妓，有顾炎武这样永远在追求"救天下"抱负的知识分子——他们都守住了属于自己的良心与责任。

于是我想，江南仿佛是整个中华民族的一个缩影。它有我们的含蓄温柔，有我们的精巧美丽，亦有我们厚重文化的不断传承。江南，更是我们民族的脊梁。

是风雅，也是风骨

仿佛烟水迷茫才是江南该有的样子。雨便在千灯镇里这样淅淅沥沥地下起来，在溪面上笼起一片烟，也把万物都滋泽得润眼。浅灰色的天空与缕缕的云总勾起人一种无端的情绪。大家解散以后，我也不愿意在嘈杂的小吃街上多停留了，反而过了桥向更荒芜的地方缓缓走去。我步履所及之地，看来还未经过度的开发，和对岸人潮熙攘的所在相比起来竟显得颇有些颓败。我坐在游廊的长椅上回过身去，为背后的拱桥与它的

倒影，为这水乡的白墙黛瓦留影。我感受到的寂寥或许不是切实的，但是那场景所生出的意境分明使我心中自然而然地将万物静音。岸边漂着的几叶小船，每户人家都有不一样的窗户，挂着不那么艳红的灯笼。虽然称不上多么雅致，但那却是不可多得的真实。平淡的日子，也就这样平淡地过，这份美好存在于不经觉间。

如今许许多多的古镇大约已成为了用来发展旅游业而被消费的情结，人们来到已然面目全非的地方，看到里面卖着大同小异的小吃或纪念品，而某一首烂了大街的民谣正大声地在深巷之间回荡着。我庆幸，千灯镇还没有沦为如此。千灯镇和它所经过的漫长时光仍旧在这里，留存着它们的隽永与真实——它们或许看起来不那么博人眼球，然而这份最为真实的平淡、静谧与祥和，却能真正打动我：它们是属于江南气质的表露。

不过这次来到昆山，领略古镇的风物或许还在其次，此行主要目的大约就是祭拜顾炎武先生之墓了。在游学以前，我对他的了解几乎仅限于一句我毫不明白的"天下兴亡，匹夫有责"，他对于我而言毫无疑问是一个人形的空白。经过一次讲座，读了行前文集上亭林先生所写的几段《日知录》与数首诗歌，我渐渐试着去描绘出他的轮廓，我渐渐试着去触摸他的思想与魂灵。

带给我极深感触的有《精卫》中的一句"长将一寸身，衔木到终古"。他的一生无疑是多舛的，但这不是命运造化无常等缘由，而纯粹是他自己的选择。或许大势已至此，他即使归顺清廷，也不会受到太多指摘。此时接受一官半职，在京师的某所官府里颐养天年，如果单纯地站在一个人的立场上大概是更为明智的选择。但是我想，亭林先生自己会说，"亦余心之所善兮，虽九死其犹未悔"，他也确乎是那样做的。他的伟大之处，在于那份坚守的勇敢，在于他永远铭记读书人的良知，永远将救天下的社会责任背负在自己身上。《日知录》上的那一段"有亡国，有亡天下……易姓改号，谓之亡国；仁义充塞，而至于率兽食人，人将相食，谓之亡天下"。前一段时间方才读完《四世同堂》，我忽而觉得即便是大清的遗民，也从未曾懂得过数百年前亭林先生所论著者，更何况与他同时代的人们。顾炎武先生其一人之力，在浩浩汤汤的历史洪流中显得何其无力，南明终究是走向覆亡。他付诸毕生精力的抱负终究也化作泡影。但是有些东西终于留了下来。那是他精神的坚毅与刚强，是他对社会责任的领悟，而那些思想火花，点燃的是照耀所有历史后来者的长明灯。

我并不觉得在这次游学之前我曾在谁的冢前报以如此的敬畏之情，那时的我大约不了解那座墓主人的生平吧。在亭林先生墓前，我诚挚地怀有一颗敬重之情。"先生兀兀，佐王之学。云需经纶，以屯被缚。渺然高风，廖天一鹤。重泉拜母，庶无愧怍。仰不愧天，俯不怍地。天下兴亡，匹夫有责。"我不知道顾炎武先生离开这片如今叫作"顾炎武故居"的地方已经有多少年了。如今院墙之内绿竹掩映，花窗雕饰了光线，江南园林的美丽精巧在这座小园里体现得淋漓尽致，我拿着微单在里面漫步着，捕捉闪烁在这期间明灭的光影。我蓦然间觉得，这个空间中存在着一种和谐统一的美：江南，是风雅也是风骨。

安雅堂前，谈"艺术"之我见

托尔斯泰对于"艺术"这一概念的见解是极为独到的。在他看来，也许只有"为了人类的艺术"是永远值得称颂的，而"为了艺术的艺术"似乎不足一提。我以为这是颇具哲思的论辩，然而心下却一时不能领悟这其中的奥义。我一直以来的疑惑，都在于他的评判标准是什么。这首先就是难以界定的。再者，若论艺术能如何有益于人类，亦是很有争议的。

在海宁的徐志摩故居处，终于，我对他的了解不再局限于那些有关林徽因、有关陆小曼的爱情故事——奈何世人对他的印象往往只在于此了。展板上展示着他的诗作，讲解员叙述着他与泰戈尔的友情，他对于白话新诗与散文的贡献，谈论着他对浪漫、自由、光明的追求。蔡元培说他"毕生行径都是诗"，更有学者认为他是"中国新诗前途一盏导路的明灯"。他希冀的是"草青人远，一流冷涧"，透过他的诗篇我可以清晰地体会到他对于美的执念与敏感。

不过细细想来，我总认为徐志摩身上带有的小资产阶级情调也太过浓厚了，以至于我甚至要觉得，他几乎可以成为小资产阶级知识分子的象征符号了。他们的目光是温柔的，他们总是那样轻轻地、细细地，描写他们捕捉到的那一点明灭光影，把纠缠在一起的心绪一点点解开然后织成一幅画。暮春时节窗外的残红兴许会勾下他们的泪水吧，他们之间的悲欢离合总是分外缠绵悱恻。属于小资产阶级知识分子的艺术，应当正是建立在他们这样的生活之上的。

所谓艺术，我认为其本质还是一种思想感情的表现形式。我们活在这个世界上，我们感知到这个世界的瞬息万变，把它们投射为自己的一部分。于是"情随事迁，感慨系之矣"，而我们对世界做出的回应大概先是一种朦胧的整体的认知，然后渐渐一点点深入，我们借表达而重新审视自己的意识。表达其过程本身，或许可以被称作一种"艺术创作"。将思想感情这类本身抽象的东西，放入一个切实具体的形式，将它们具象化所生出的产物，大概就正是艺术。如果顺着以上思路分析的话，那么艺术，恰是由其思想感情、创作技巧这两部分构成的。而我们若单以其一而定论的话，难免就显得有失偏颇了。

不过话又说回来了。纵言《再别康桥》如何包含诠释了所谓的"三美理论"，体现了建筑美音乐美绘画美，我们可以肯定徐志摩在新诗创作技巧与理念上的长足的进步，是有其时代意义的。但当我去剖开它的内核时，我察觉到里面的感情，或可说格局是不够大的。我没有资格臆断作者说他诗歌里面是空虚悲伤，不过至少站在我的角度，我并不能说我多么欣赏徐志摩。梁启超为他所做的证婚词像是一种忠告。我又想起那天王楚达老师做的讲座，关于知识分子的底色与良心，关于读书人不容推辞的社会责任等等。与他同时期的文人，有鲁迅先生这样堪称是民族脊梁的人，有同为新月派却身为民主战士的闻一多先生，他们用他们超人的艺术水准去用笔来为民族、为国家尽出他们的一份责任。难道他就可以袖手旁观，置民族国家于不顾而沉溺于他唯美的浪漫主义与爱情吗？

我久久地想这个问题，却迟迟没有答案。

直到这一天我站在静安先生故居的门前，朗诵着《人间词话》中这样一句话："境界有大小，不以是而分优劣。'细雨鱼儿出，微风燕子斜'何遽不若'落日照大旗，马鸣风萧萧'。'宝帘闲挂小银钩'何遽不若'雾失楼台，月迷津渡'也。"我忽然觉得我的疑惑有了答案，我忽然觉得是我错怪志摩了。

我渐渐明白格局有大小，但是对于艺术而言，它们也依然都是平等的。就艺术本身而论，大千世界需要差异性，或者说一切所谓"美"都首先是建立在多元化之上的。观察世界感悟世界，我们需要不同的角度，这才使得世间能够精彩纷呈。或如果就社会而论，我也认为社会自有自己的分工：有人需要站在高峰之巅，一览众山，以宽阔的胸襟，博远的见识，为国家民族在沉寂中呐喊，在黑暗中寻光；但与此同时，也应当有人在角落中持一微距镜头，在午后晴窗下捕捉斑驳光影，在暴雨将至前聆听树林间的簌簌之声，在平凡庸碌的生活之中提醒人们追寻诗意、浪漫与爱。诗人徐志摩，是这样的人。我收起我一度的不屑，我以人性与艺术的名义向他投去尊重以至于崇敬的目光。

仿佛正如他在诗中所写的那般：

"你我相逢在黑夜的海上。你有你的，我有我的，方向。"

为谁粉碎到虚空

　　依稀记得小学五年级的时候第一次看《人间词话》，不仅看文言困难，书里引用的词也大都没有读过。最后只记住了"人生三境界"的内容，其实也根本不懂。那时我对于词与词学着实是一无所知的，我只从大人的口中得知王国维先生是"很有学问的"。

　　初中的时候又看了两遍《人间词话》，读到感兴趣处又看了叶嘉莹先生所写的《〈人间词话〉七讲》。于是自此以后静安先生之于我总不再是遥远的，他的文字就在那里，我翻开读了，用心想了，便好像与他就产生了什

么关联一样。先生在其他领域的研究我无所了解，更无权做什么评判，只是在词与词学上来说，我确信王国维先生一定是一位当之无愧的大师。

"阅尽天涯离恨苦，不道归来，零落花如许。花底相看无一语，绿窗春与天俱莫。"其实在晨读之前我早已背诵过这首《蝶恋花》，尽管第一次读的时候我觉得这也无非平平之作，然而后来越读就越发觉自己对这首词说不出的喜爱。那天科老师说王国维先生的词总是那么悲伤惆怅的，而其实我原来并不欣赏这种柔软，也一度不屑于婉约派的词作。不过读了《人间词话》以后，对词学有了一定的了解之后，观察了词从起源、到发展、到兴盛这一个完整的过程，我渐渐懂得，大概"婉约"是更关乎词的本质的，豪放派或可说是词的另一分支，但那已经是"诗化"了的词了，似乎离词之初心已然远了很多了。词学的理论在古代并没有得到完备系统的研究，王国维先生对于近代的词学研究应当是有一个奠基性的影响。故我猜想静安先生的词，之所以如此悱恻忧郁而婉转含蓄，也许有他对词学本身的思考在其中。

王国维故居

静安先生故居中可供参观的范围并不很大，导游在前面讲的内容其实我之前也都有所了解，单纯从知识上来说收获很有限。但是就像读先生的文字那般，如今我走在他曾经居住过的地方，心底确乎会生出一种只有在那时那地才会有的遐思。我无从知道那一日当王国维先生站在昆明湖畔，在自沉湖中之前，他或许也曾有过犹疑吗？我亦无从知道他的所思所想。曾经读到与王国维先生同为晚清遗老陈曾寿的一首《浣溪沙》："修到南屏数晚钟，目成朝暮一雷峰。繡黄深浅画难工。千古苍凉天水碧，一生缱绻夕阳红。为谁粉碎到虚空？"词写得极为平淡，没有大悲大恸，然而一派荒败的心境却尽然纸上了。大约王国维先生与他能深有共鸣吧。

我一向反对殉清说，因为殉清说似乎忽视掉了清朝在封建王朝中的特殊性。清朝的覆灭，总不像之前那样单纯的改朝换代而已，它标志着一个漫长时代的终结。静安先生对清廷的感情不仅存在而且深厚，这毋庸置疑，但是这种感情之依托我想来源于一种文化认同。我记得《四世同堂》中有写："所谓'亡国'，就是不能按照原先的文化方式继续生活。"再加之静安先生在国学领域造诣见地之深，或许文化本身，已经是他的生命。"五十年来，只欠一死"，在昆明湖畔选择沉进湖水的时候，他大概是想以这种方式来祭奠整个中国之传统文化，我想那是他对那个已逝世界的坚持和忠诚。

李家声老师说他投湖的选择是迂腐的。固然，若他有更大胸襟，凭他的学问与本领，可以为国家民族做出的贡献是无法想象的，他死之可惜，也以一死解脱了属于他的责任。然而在静安先生故居中幽静的小院里，我步行于先生曾经走过的小道，回身望向先生曾经读书做研究的小楼，我心下竟不忍再责怪他些什么。事隔经年，逝者已矣，我只是轻轻地叹息一声。

曾湿西湖雨

上一次来杭州，已是十一年前了，那时记忆或许还没有形成，因此这座城市之于我，依旧是一片空白。

从酒店到西湖一个多小时的车程在细雨中度过。今天我还偏偏只穿了单衣忘了带伞，下了车不觉瑟瑟，衣服鞋子也都湿尽了。我在雨中走，不时总欲驻足停留看湖这边的一片枯荷和行驶而来的几条小船，看湖那边的山上的烟云。适逢有人文创意组的活动，便凑了《点绛唇》一首，许久不写，手生得很。姑且当作留念吧。

雨色空濛，轻烟如织环秋水。
扁舟数叶，来向湖堤北。
杨柳依依，烟雨添滋味。
想道是，钱塘秀丽，千古同一醉。

烟雨西湖

在朦胧细雨中我们一行人沿着湖堤往前走，在岳王庙前我们停下。朗诵毕《满江红》，负责导览的同学做完了讲解，同学代表献上了鲜花，祭拜仪式的整个过程也不过几分钟而已。对于岳飞人们或多或少总是了解的，关于他的故事我也听了很多。真真假假，也不那么重要了，总之一切都指向他的忠诚与伟大。在岳王庙里我转了有挺长一会儿，园子里人不少，但是我很愿意去看那里面的介绍还有壁画，甚至忘记了西湖的景色。我想知道他如何组织"岳家军"英勇作战，靠什么样的胆识能力收复了襄阳六郡，还有很多很多。参观祭拜完毕以后，我在岳飞的冢前静静走了一周，忽而感到一阵茫然。

后来我们离开了岳王庙继续在西湖堤岸前行。我在雨中走，在落叶纷飞中走，湖光山色尽收眼底，我亦渐渐忘记了寒冷。可美景不曾使我停下思索，我的疑虑依然在脑海中萦绕着——岳飞所做的一切的一切，到底是为了什么？

不得不说，岳飞是一个很具有典型性的人物。我的困惑并不针对他一个人，而是对于一个群体，是对于用生命去挽留一个王朝的背影的人。比他稍晚一些的有文天祥、陆秀夫等；跨越时空，远至伯夷叔齐，近有顾炎武等人与他共同站在一起。于是我知道他们都被称作是"爱国""忠诚"的，也都被称作"有气节的"，即便在不同的时空里他们拥有相类似的品质。我真正不明白的是，所谓"国家"究竟为何物，他们所尽忠者究竟为谁人。

看起来，他们表面的目的都是为了延续某个王朝的统治。他们所处的时代往往处于王朝末期，恐怕彼时这个朝廷的内部结构已经在倒塌毁灭的边缘苟延残喘了。我有些时候会怀疑，竭尽力气甚至以付出生命为代价去维系这样一个已然腐朽了的王朝的统治，难道真的对于这个社会，对于所有生活在这里的人民，或者说，对于我们所谓的"国家"，有任何益处可言吗？

首先我觉得需要明确"国家"这一概念的本质。如果抛开这一切情境单从"国家"而言，这一概念大概是一种群体性的想象出来的共同认知。切实存在着的是政府，国家其实是无形的，它像是一种一群人所共同拥有的归属感。就上文所言，国家与朝廷——也就是政府而言，其关系是复杂的，但显然是不能够直接画等号的。我记得讲座上李家声老师掷地有声："'崖山之后，再无华夏'，都是胡言！华夏，永远存在于每一个中国人的心中。"历史学家蔡东藩所谓"宋亡而纲常不亡，故胡运不及百年又归于明"，灭亡的是南宋朝廷，但是伦常礼教等等——广义来说，也就是源远流长的中华之文化，由于其长久的历史与深厚的影响力，将永远不能被政权更替所湮灭掉。时至今日依然如此。而当我们走在异国的街头处，若听到熟悉的语言时，我们总会深感亲切，即便对方与我们素昧平生。这种亲切感来源于一种互相的认同：我们被同样一种记忆，被同样一种文化所联结接在一起。而这时认同构成了"国家"这种无形的存在，从而在每一个人心中都生出强烈的归属感。可是这种比较抽象的归属感，终须有一个依托与落脚点。那么在这样的情况下，朝廷——也就是政府，就变作了国家的化身与象征了。如果反观这些，"国家"的形成过程大抵恰是如此。故如伯夷、叔齐、岳飞、文天祥、顾炎武等，甚至王国维先生，在我看来，他们所为之殉难的都是那种归属感，而他们的归属感甚至升华成为了一种信仰。或许我们经常说的"家国天下的情怀"大致正是如是。是这种情怀让他们伟大，让他们得以千古流芳。

在《日知录》里，顾炎武先生有以下记述："有亡国，有亡天下。亡国与亡天下奚辨？曰：'易姓改号，谓之亡国；仁义充塞，而至于率兽食人，人将相食，谓之亡天下……保国者，其君起臣肉食者谋之；保天下者，匹夫之贱与有责焉而已。'"静言思之，"亡国"与"亡天下"最为本根的区别仍旧在于文化方面上。"仁义充塞，率兽食人"，大约正是礼义丧尽的现象，是中华文化消亡殆尽之表现。我们每个人与生俱来就背负着一种责任，但这责任先是对于"国家"的，再其次是对于"政府"的。我们所背负着的社会责任显然与文化相关，继承与发扬文化，类似于一种属于所有古往今来一切生活在这片土地上的人们的使命。文化本身，应当是一群人所共享的记忆与价值观。不过，若将这份责任落到实处，为的是政府还是国家已然不分明了。最开始的开始，国家之所以诞生单纯是为了使得它的子民可以通过它而能获得更多的利益，而那时类似于政府的机构，只不过是一个进行资源利用整合的场所而已。他们效忠于这个政府、这一套文化体系——而为文化尽责的根本目的，最终还是指向生活在这片土地上的人们。

在西湖南岸，我们先后拜谒了苏东坡、张苍水、章太炎等人的祠堂或者纪念馆。他们的功绩虽有所不同，为中华文化做出的贡献皆不容得历史的后来者所遗忘。

下午雨停了，天也暖了些许，苏堤上人来人往，人们言笑晏晏，在我对岸的塔上正有云烟缭绕，旁侧的拱桥在水上投下倒影。或许西湖如果只是一池湖水，大约它的美丽也只是徒有其表而已。千古同醉的钱塘美景，是它包含着的深厚底蕴。

在闭营式之后，写给江南与人文游学

　　游学之于我一直是很浪漫的，尤其这一次去的还是江南。记得学长学姐多次跟我们讲游学的苦，记得行前会的时候老师也试图用冷水浇灭我们美好的幻想，不过这都没有产生什么实际性的效果。期中考试的每一天我们都恨不得计算出还有几个小时就该出发了，最后一天三门课考试的时候心早已在这座城市以外，飘到淮河以南去了。属于"第一次"的憧憬，别人大概是无论如何都无法动摇的。在去南站的路上，在四个多小时的高铁上，我和朋友总有说不完的话。人文游学对于那时的我们而言，是一个过分美好的存在。

　　时间是11月8日23点10分，闭营式已经结束了。我们都拿到了一张很好看、质感很好的结营证书，这些天的时光都被凝结在了一张不太厚的纸里面。而现在呢，我和室友在酒店房间里分别瘫在两张床上，相顾无言地写游学日志，房间里寂静得仿佛能听得到寂静本身。我们不是没话可说了——从某些程度上来说或者也是，但是我们确乎已经说不动了。前一天我们是早晨5点40分编辑完公众号的，到现在，我看得出：她和我都有点撑不住了。

　　时至今日，我常常回想在走之前学长学姐和老师们曾经对我们泼过的冷水，事实证明，于老师有一句话说对了，那就是经历一次人文游学你就彻底脱胎换骨了。我已经看惯了凌晨三点半的城市街道，习惯于一天几个景点的奔波之后再来一场两个小时不带休息的人文讲座。洗个热水澡继续干活，先写好今天一千字的游学日志，再给摄影摄像组选好照片发出去。与此同时，那边室友正在和明天早上一定要发的人文班公众号推送做斗争。经过几天的修炼我们已经成功学会了在大巴车上闭眼就能睡着，也逼着自己学会了从走过的一切地方中生出思考与立意，从而使晚上的游学日志不至于没得可写。幸而到最后，也终于将这本来刻意的思想变成一种自然而然的自觉。

　　除却一次对南京仓促的拜访之外，我对于江南的记忆停留在五年前的安徽。白墙黛瓦，花窗与流水，泡桐树与丹桂，烟雨与红色灯笼。其实江南本就不该因为这些景物而被刻板印象地定义，只不过是那时的我比现在更为浅薄无知而已，那时我提取出的不过是一些风物上的美好。

　　我不是人云亦云，而是说当初我作为行程策划组的一员拿到"江南风骨"这一主题的时候的的确确觉得牵强至极。关于江南，我旧时的幻想大概是能在那里寻到一处与世隔绝的所在，有一幢房子，过着平淡安适而充满诗意的生活。有烟水迷茫，有湖光山色，能享受"虽南面之君未可与易"的快乐，实话说我想不到什么别的。我以为认识自然万物的美已是我足够的修为，我以为能放下一切而避于世俗之外是最高的境界。

在五人墓里我们朗读着"匹夫之有重于社稷"，在顾亭林先生的冢前我们掷地有声地念着"长将一寸身，衔木到终古"，在秋瑾纪念碑前诵着"一腔热血勤珍重，洒去犹能化碧涛"的豪言，岳王庙里久久回荡着"待从头，收拾旧山河，朝天阙"的壮词。我起初只是小声地跟着读，宛如去完成一个形式、一个仪式，直到在不经意间的某个瞬间，我被深深地感动，我蓦然间体会到这片温婉的天地间亦有着不可打破的静穆与浩瀚，这使我内心深处难以再保持一如既往的平静。

这份无言的激动促使着我去更动情地感受，去更积极地思索这世间应当被感受到的辽阔与值得被思考的疑问。我的震动，为自己的渺小与卑微，为天地的不朽与广远，为人文与其精神所赐予我的给养。而我的有所体悟有所思考，亦恰恰再一次印证了如此。我的激动与感动，纷纷化作一片静穆与壮阔，化为两个写作"风骨"的字。我方才明白这也是江南的倒影，江南不只是温馨与秀美而已。曾在这里风华绝代的那些历史亡灵已然逝去了，但是有些东西终于没有消失，而是长久地徘徊徜徉在江南这片土地之上。那些留下来的东西有一个共同的名字："为天地立心，为生民立命，为往圣继绝学，为万世开太平"。

现在时间来到了 11 月 9 日的 20 点 09 分，我正坐在第 G166 次和谐号列车上的一个靠窗户的座位上，打开着即将没电了的电脑。而现在列车正在驶入天津站，我们还有四十分钟左右就会到达终点站北京南站。在这一时刻我脑海里闪现出的是老师们原来曾常说的"谢天谢地"四个字，为我们一路以来的顺利与平安，为这九天以来我终究有所体悟与有所收获。于老师也确乎有一句话说错了，她说你们体验一次人文游学以后，就不会再以为这是什么浪漫的事情了。现在大概可以算这次江南游学一切都已经画上句点了吧，我将马上到达告别了九日的北京。而此时此刻我看向窗外快速移动的城市的昏黄灯火，我依然以为，游学是一种无可比拟的浪漫。学姐学长们总说，游学就是"一群特殊的人在特殊的时间与特殊的地点一起做一件很特殊的事情"，好像确实是这样一回事。九天的时间里我们都处于一种奇妙的状态里，将全部的身心都交予了天地，交予了历史与过往，交予了所谓"人文"与其精神，交予了我们所真正热爱的事物。而且每个人都是如此。除去我们之外的人，或许只会看到朋友圈被人文班同学发的照片刷屏，或者是耳闻到我们每日奔波写作工作的诸多不易与辛劳，但他们终究不属于这个氛围，他们终究体悟不到那种，简单的快乐之外的，来源于内心最深处的幸福感。那是被天地的辽远与静穆，人事的激昂与慷慨所震撼、所感动而生出的几乎无可表述的强烈却无言的感情。

长安道

这已经是我第三次来西安了，不少地方现在看来已甚是亲切甚至有些眼熟了。故地重游确乎是件很美好的事，回想起小学五年级的元旦第一次造访西安，在永宁门城楼前瑟瑟发抖地在寒风里行走，一瞬间就很感慨时光的飞逝。不过，多年之后重回这里，乾陵茂陵还是如此，永泰公主的墓道也还是如此——氛围诡谲的幽深隧道，最终依然通向几张绘制精美的壁画和千年前那个十七岁皇族少女的棺椁。我想可能也许除了战争或有意或无意的毁坏与近年来的文物搬运，千年前自从这画作的墨迹干掉，这少女的遗体被安放在此之后，这里的一切从本质上没有太大区别吧。

在乾陵我和一帆在无字碑旁边来来回回转了挺久，我相机里至少留下了二三十张照片。无字碑也并非无字，上面刻着很多我没怎么细读的碑文，碑的顶部上雕刻着繁复的花纹，呈现出某种神兽的造型。导游和负责讲解的同学讲着关于乾陵的种种逸事，"三次企图开墓都未曾成功""无人可以辨识的契丹字符"，诸如此类的话。她仰头看着这座巨大石碑，随即记下笔记。然后又突然问我：你知道什么是 BDO 吗？

才疏学浅如我，这个概念一无所知。不懂就问，所指即"巨大沉默物体"（BDO：Big Dumb Object）。这个概念时常在科幻小说里出现：巨大的、神秘的、拥有不可思议力量的物体。她接着给我举了几个类似的例子：像是宇宙中的天体，海上的灯塔，废弃颓靡的旧工厂……我试图去寻找这些意象之间的关联。巨大沉默而有限的体积里容纳的是无可计量的时间——它容纳着自它诞生以来的过去、现在，以及涵盖无数可能性的未来。后来当她自己又进一步解释时，她说似乎也并非如此。无字碑不是容纳着无可计量的时间，而是它自己就是从未到来的时间本身的表达。我想大概她是对的。

"——你难道不觉得无字碑也很像一种 BDO 这样的东西吗？"

概念当然不是目的。概念被赋予了太多简单定义之外的意义。

出发之前某天的语文课上学了博尔赫斯的一个短篇《沙之书》，一本无穷无尽，没有开头没有结尾的书，现在想想竟也无端联系到这种巨大而沉默的意象，简直像是将宇宙凝练在一本书里。当时想了很多，关于对存在的怀疑，关于对未知的恐惧张皇，看起来我似乎在尝试寻求一个甚至不知道有没有的答案，而偏偏连这题目究竟是什么也不知道。游学那几天又开始看一本博尔赫斯的小册子，里面提到了那个我因德彪西而有所耳闻的法国象征主义诗人马拉美。马拉美说"生就是为了记忆，生就是为了诗，但或者也许生根本就是为了忘却"。但是有些东西留下来了，这就是历史或诗歌，用他自己的话说那叫"一切通往一本书"。过往这些遗迹得以在固定的体积内表达超越性的时间，也许正是这些"巨大沉默物体"不可思议的力量。

说得太远了，话题依旧回到那些西安的景点：乾陵，茂陵，无字碑，永泰公主漆黑的墓道和墓室里的壁画。不过从本质上说，这些留下来的也都无外乎马拉美所谓的"历史与诗歌"。造型诡异的雕塑，全部失去头部的六十一蕃臣像，墓穴里透光的小天窗，一句吊古的诗，"茂陵不见封侯印，空向秋波哭逝川"。十年抑或二十年之后，或者再远一些，不出意外的话，我猜想这里的情况也都将大同小异，依然存在依然保持在他们的位置。在霍去病墓前我们还是很惯常地诵读了几首诗，读罢，带读的学长说希望留给大家一段安静的时间，说是让我们缅怀霍去病将军，也用这段静谧追念早已在风中飘散掉的古老而辉煌的汉代。现在我已经不能记得墓碑的样子，但是那时的心境却颇为了然。"拜坟"之旅其实从江南游学就开始了，许多次的献花、致意、诵读诗歌，不可或缺的形式行使完毕之后终于有一次，我渐渐开始领悟我们前去祭奠的意义。

　　上一次来西安大概是两年前，并非专程造访，只不过在永宁门城楼待了一整个黄昏。从看落日将尽一直到天色尽墨华灯初上，城下车水马龙，机动车行驶而过形成光轨，城头的红灯笼营造出一种温馨与寂寥，不知怎么使人觉得温暖又苍凉——大概也不矛盾吧。不得不说，城墙为这座城市增色太多。我特别喜欢白居易的这首词："花枝阙处青楼开，艳歌一曲酒一杯。美人劝我急行乐，自古朱颜不再来。君不见，外州客，长安道，一回来，一回老。"诚然，岁月不待人。不过我想这里的命题不在于生与死两个世界的交接，而在于追问生者曾经存活过的价值。

　　生命大概是被其留下的痕迹所局限的——但这生命却注定是永恒的。

　　他们生活在一句话，一个动作里，便不再细说。他们是歌的一部分，但这部分是永恒的。他们仍然活着，并且在人们的记忆中和想象中不断地更新着。

——博尔赫斯《七夜》

　　我想那些曾在长安道上风华绝代的历史亡灵大概都亦复如是。

溪花与禅意　相对亦忘言

　　看到《西安晚报》上登了陕西历史博物馆最近新开的展览"平山郁夫和他的丝路艺术世界",于是今天我们几个人就从常设展厅里脱离了大部队悄悄溜走,到地下一层去看这个极具口碑的特展。从几块展板上,我逐渐开始认识平山郁夫其人。美术造诣,佛教情节,"当代唐玄奘",这些特质叠加起来无疑增添了我的兴趣——这场展览也的确没令我失望。平山郁夫先生的这一百多件收藏品来自丝路上的各个沿线国家,也正如他跋涉的足迹烙印在通往西方的荒沙之中而永远不会被掩埋。

　　这场展览中最为精美的文物或许还当属来自贵霜帝国的几组犍陀罗风格的石造像和浮雕了吧:服饰刻画之细腻,手势情态之生动自不必多说;精巧的布光下,我能看到佛陀目光中含着深沉到无法参透的平静与慈悲。我想起那句对卢舍那的注解:"相好稀有,鸿颜无匹。大慈大悲,如月如日。"这样的形容放在这里亦丝毫不为过。我并不了解这些佛像背后的故事以及它们被创造出来的用途或目的,实话说我对佛教知识的了解也少之又少——我只是对着一个个橱窗举起相机,企图以这样的方式来延长这短暂而强烈的视觉享受。

仿佛深入人心的美很难用语言去表述，怎么说也都无非是苍白。只是在不绝的赞叹之中我也偶尔会想到制作雕刻这些佛像与浮雕的艰难辛苦，在这个世界上竟有多少人，在花费了多少光阴与心血之后，生活在几千年之后的人们才得以感受到一丝来自遥远过往的灿烂辉煌的微弱温存。自始至终支持他们完成这一项项事业的，也只是他们虔诚的信仰。

然而毕竟时间紧迫，于是我们只好匆匆离开了博物馆。吃过午饭后乘车前往大雁塔参观，芳瑜学姐在这里做了一个短小的讲座。关于玄奘，关于大乘与小乘佛教，关于信仰与奉献的话题。她讲得好极了，我认真地从头听到尾，听得很投入，也着实学有所得；再加之下午得空看完了《七夜》里对佛教的探讨，也总算有了自己一点想法。大约佛教相比于一种"宗教"，我以为更趋近于一种哲学体系，一种探求每个人的个体与外在世界关系的哲学。和有些宗教不同，它不具有很强的排斥性——它不是一种扩张、主动性的，而从价值体系上更倾向于一种包容与接纳。它的目的不在于改造这个世界——或者说也许它本身也没有一个"理想"的世界。"宗教是鸦片"这句话被很多人误读了，这只是说它的初衷和夙愿在于从心灵层面化解人们物质层面无法超脱的苦厄。

许多问题我之前反复地想，曾经作为一个稚嫩至极的理想主义者，我必须承认我是满怀乐观主义憧憬的，以为人生之意义在于凭借自己能大有作为，让世界离美好更近一步，简直有齐家治国兼济天下的姿态——殊不知这幻想本身就多半是白日做梦，更何况，时代的好与坏本来就是相对的，而所谓"美好"的定义也不过是我自己的一厢情愿而已（即所谓"三观正的真正意义在于三观和我一样"）。于是我渐渐懂得：人在世界上活过一回的意义不在于我们之于世界造成的改变，而在于世界之于我们的给养。诚然，这样的结论从各种意义上来说都固然算不得错，但往往让人陷入更深的彷徨与迷茫之中。或者换句话说这样的想法很容易令人消极而消沉。玄奘在西行的路上以他性格中那一点孤勇、执着，甚至于疯狂的成分去完成他伟大的事业，他显然为这种消极指明了另一个方向，也为无奈的漆黑点燃了一盏灯：让世界离美好更近一步，并不需要我们做什么惊天动地的事情。众生的美好由众生自己来完成，我只完成我寻求真理的使命，来让他们找到自己的幸福。

　　对于这个世界，我们既不必将自己绑架上众生的责任，也并不是与它毫无干系。每个人只是前去完成自己的使命，而且每个使命的完成也都足够有意义，也都已然创造了活过一遍的价值。

　　我在丝绸之路上走了近三十次，居然毫发无损，平安返回，堪称奇迹。也可以说命大，但我确实感到一种无形的力量支撑着我。也是一种使命感的召唤：我一定要将玄奘的事迹传给当代。

——平山郁夫

　　相比较于夺目与灿烂辉煌，有些时候，大概平和而持久的力量，离"伟大"二字的本质要更近一点。

远方的意义

　　我不知道人们怎样看待漫长的旅途，比方说一天在大巴车上坐八个小时，比方说十几个小时的火车车程，就像今天这样。喜欢吗，还是厌恶什么的，我说不上。司马迁祠在韩城，我们从西安专程驱车前去拜谒，像是一种朝圣。可惜这里竟是如此境况，也终究是后人对先贤的侮辱与敷衍。太史公若地下有知，恐怕也难免替自己感到悲哀。——这些我通通不说了，我只想说说旅途。

　　西安往返韩城的路程如我刚刚所言，大概去四个小时，回来四个小时。西北地区的公路修得还算平坦而宽敞，所以也并不颠簸，倒是不妨碍大家做事。我于是观察周围的人们如何消磨这些时光：我看到了成摞的卷子作业，看到了紧闭的双眼，也看到了手机和耳机，当然在回程路上已经有人开始写这一天的游学日志了。窗外的风景刚看时的的确确很美，广阔而空寂，大片的金黄色田野和沟壑纵横的高坡的景象交替出现之后又快速向车窗后移动过去。可惜景致单调了些，看得久了，难免疲乏。我手头的书正讲到《一千零一夜》，可惜我对这些没有太多兴趣。我随意翻了十几页，随即感受到令人窒息的无聊。——但奇怪的是，我却并不因此而厌倦这漫长的旅途。

　　说真的，我时常会想远方对于我们的意义到底在于什么。尤其是在期末考试之前，面对作业和复习的时候，我对它的需要就格外强烈。每当一个学期过到这个阶段，我总是会感到格外恍惚，好像生活永远跳脱不出一个圆形的循环往复，每日过得全都大同小异——起床、上课、写作业、睡觉——于是很容易陷入一种怀疑和迷茫。这样一来，远方之于我就成为一种向往，成为继续这种循环往复的生活的希冀和勇气——即便最终远方或许并不如同我们期待的那样，但这些似乎都不重要了，重要的只是远方这一概念的存在而已。

这几天在西安四处行走，每日也都不过是在景点和酒店的两点之间来回，我甚至未曾来得及仔细看看这座城的模样。（其实在西安，我最希望做的事情还是在城墙上看黄昏的天色和城墙上的灯笼，尽管我已经这样看过一回了）那是这次游学在西安的最末一天了，吃完晚餐我们步行前往火车站，夕阳下的道路莫名地让我觉得这街区充满生活的气息——我自己何尝不知道这也是"远方"增添给它的滤镜，赋予它的不真实的美丽。街上扫黑除恶的标语，路边乱弃的垃圾，我自然都看到了——然而古城墙上华灯初上，灯笼的光融在深蓝色天幕里的那一刻，我又全部原谅了它们。

之前我对游学最期待的部分应当是从西安去张掖这一夜的火车了。摇摇晃晃的列车，我希望车厢里比较安静，然后躺在卧铺上读一本小说，随手写点什么的，想想都觉得真是浪漫极了。在站台的黄色灯光里咏言拍下我穿着花衬衫拎着行李走进这绿皮火车的样子，她说这一直是她童年对绿皮火车的渴望：穿碎花衣裳的小姑娘，绿色皮的火车，还有温柔的阳光与黄色的麦田。——那是她的远方，我不知道她此刻睡下没有，心情怎样，但我猜想此时的她应当也是幸福的吧。

现在时间已经是第二天凌晨了，列车上早就已经熄了灯，车厢里的人们大都睡下了，列车似乎刚刚到达了沿途的某站，我清晰听到了连续的汽笛声。的确，目前的事实与当初想象的浪漫大相径庭：坐在逼仄的中铺里我丝毫直不起身，我甚至只得半仰卧着在键盘上敲击这些文字。拉开窗帘，外面只剩一片漆黑，窗户上只反射出我电脑屏幕的光。然而在漆黑的彷徨里我心里颇有种说不出的满足感——我想那兴许是远方赠予我的慰藉。

抵达只是一个结果。我们本以为它是最终的目的，其实也许不然。之于旅行，这个结果的完成大概是个必然事件，何况这结果也无非是旅途的一部分而已。对于世界上的更多事情，这道理就更并非是一以贯之的。生活当然注定关乎忍受早就被赋予好了的平庸与无聊，大多数时间我们只好陷在圆形循环中无路可逃，而远方只是一个代号。它意味着心向往的所谓"诗、美、浪漫、爱"，不过同时也可能意味着虚无缥缈与不切实际；但远方不再是一个事实而成为一种意象，成为一种至高的美学。之于旅行与生命大约都是如此，抵达不再成为意义，远方最好永远保持遥远。

前往张掖

上午的时光依旧在火车上度过，但我确乎很想写写前一天晚上我发完那篇凌晨的推送之后的夜晚。后来我关掉了笔记本怎么也睡不着，翻身从中铺下来，对着车窗看夜色里的沿途风景。暗淡、苍茫、混沌，甚至会令人感到无以名状的迷惘；这些是我能想到的形容词。像这样的夜晚我不知道在人生中能有几个呢，单纯地睡觉睡过去未免也太可惜了。

满天的繁星需要耐心才会出现，我凝望了窗外很久才看到布满星光的苍穹。那兴许是凌晨一点左右，火车应当已经过了宝鸡。我对星空有种说不出的情愫，正像《雪国》里写的那样，银河的确会哗啦一下倾泻在心坎里。很有可能是因为它的神秘和未知，但我觉得更有可能是出于在星空下，我终于可以找到一个出口：绕开这个生活的种种局限，我们总还有一种方式直接与世界和宇宙对望。

好像人在夜晚总是比白日脆弱而敏感得多。不过与其这样说，倒不如说是夜晚给了人们"无须和外界发生关系"的自由，解脱了一切背负着的东西。尤其是当火车上唯一的光亮来自星星与隔岸的灯火，尤其是在旅途给人一种漂浮感的时候。所以人们就格外容易相互信任，心理上的距离也会无由地被拉得很近，这种感觉简直像是几个喝得酩酊大醉的人似的——不过我虽并没有什么衷肠可诉，只是随口聊些无关紧要的话，或者干脆沉默着看星星和过路的村庄和车站——心里竟然也无名地感动。

我是喜欢旅途而不介意目的地在哪里的。我喜欢在旅途中的漂浮感，总让我联想到庄子所讲的"无所凭借"的那层意思。于是我梦想能够拉着行李箱乘这样缓慢的绿皮火车——一直坐到乌鲁木齐，或者坐到拉萨，去哪里都好，只要路途足够遥远，这都好极了。大概漫无目的本身就是我的目的。

张掖　七彩丹霞国家地质公园

中午十一点半，火车总算抵达了张掖，我拎着行李下车的时候甚至有点遗憾。下午在酒店休整了片刻，为了能在丹霞看到日落，我们晚些时候才去。不过今天云层很多，最终也没有看成，不过也丝毫不影响兴致。到了地方便解散开自由参观，我们就得以幸免于戴着导览器听些无以名之的讲解——我一向都很以为我们在旅行中寻求的无非是和世界独处的时间。总之我们就往前走，说些什么或者沉默，一切单纯到我们只是行走在天地之间。看到丹霞我清晰认识到自己语言和想象力的贫乏，不过人和世界的对话又何曾需要语言。"草在结它的种子，风在摇它的叶子。我们站着不说话，就十分美好。"

在绿洲边际

现在依稀记得闭营式结束的时候已经将近那天的十二点了，窗外面的雷雨应当是停了，而我和李一线还在着急要在十二点前把人文班的公众号推送发出去。我最后一天早上花了很久才反应过来原来这已经是这次游学的末尾了，看着窗外呼啸而过的戈壁滩，心里莫名很怅然。减少了些许第一次的新鲜感，我总觉得在西北这一路走来我才开始渐渐反思游学的本质。我和李一线说了许多刻薄的话——当然正如尹老师在火车上那个繁星满天的夜里跟我说的那样，我和她都是太自以为是的人（我们都承认）——然而终于我也一样在闭营式的末尾，在楚达老师做完讲话之后会感到无以名之的感动。

其实不应当先讨论这一天的事，一切都该回到最最开始。我从最初早就应该意识到这一点的。我从进入这个学校和这个班级开始就被无休止地灌输了大量的"人文情怀"之类的观念，被裹挟其中而无从表明自己的困惑，谁知后来竟然切切实实信以为真，并为之写了成千上万的文字：不过但凡冷静下来好好想想，我实在觉得同一个人，在大半年之内，很难从本质上有什么彻底翻天覆地的变化。进步真的很需要时间。毕竟大半年前，在初中学校里不看几本正经书也基本上没什么自己的想法，文章写得什么也不是（现在大概依旧如此），一天到晚不务正业的人，也是我本人。

可是在这里我们听了太多，被无数的宣传与教诲淹没，于是学会了夸夸其谈——这应算是四中学生们最大的毛病了。一轮到学生发言，说的全都是胸怀天下，全都是人文精神给予我们的力量云云。这一套说辞在被不断地重复之后，大家都被自我感动了。继而全都透彻地学会了怎样说这些漂亮话，还运用得灵活极了，可谓是别开生面。当然这无疑是我以小人之心度君子之腹了，这"情怀"自然也可以培养。我也没理由说这些想法是假的——毕竟上一次在江南游学的时候，我曾经坚定不移地相信它们。

但是说来也是好笑，我们这些所谓的"情怀"又何尝不是空中楼阁式的东西。类比一下，比如说你声称你是某个乐队的忠实歌迷。但其实你压根就没听过他们的几首歌，对于他们的风格也基本上一无所知。但是你知道如果你说你喜欢他们，会显得你很有音乐品位，听起来大概有些荒唐——但我们所谓的"情怀"的确就差不多是这样的感觉。即便是人文班的同学，就我个人感觉，大部分人也同我一样（我想还是有少部分极优秀的人的，我不该在此诬蔑他们），书读得也并没有那样多，对文化历史上的知识和理解也不过平平而已，在同龄人中也绝不都说得上出众。简单知道个大致怎么回事十分容易，查个百度，或者找个人讲两句了事，花不了十分钟。然而真正去把这些东西学深学透，那需要花费的心力和需要投入的热情可就差了去了，最要命的还是我们还真的就以为自己明白了，学通透了。我们都站在太高的地方，喊着"家国天下的情怀，舍我其谁的担当"，感觉自己高高在上在俯视着一切，却触及不见一点落到地面的真实。最近研学正在看苏联后期的经济改革——想来这弊端大概差不多，只不过我们是一群纯粹的理想主义者，他们是一群官僚而已，但这身份上的区别其实没什么紧要。

不过我仍旧猜想形式主义可能的确是必要的，正如在司马迁祠祭拜的那天我和李一线说的那样，"Fake it until you make it"，我们都希望事实如此。让一切从表面形式开始，然后再到真正的理解与热爱，可能也不失为一种方式。当然这些不重要了，都一点也不重要了。楚达老师说得对极了，他先说他是理想主义的灭火器，随后具体解释道：游学能让你们学到什么啊，说到底其实什么也学不到。我也质问自己：上一次背的顾炎武的诗还记得几句呢，说不定你记性还很好没忘记蒋百里先生是谁吧，那么张苍水的故事也许你讲得出——游学时候学到的这些浮于表面的知识大概只有两种结局：忘掉，或者日后有机会重新再踏踏实实学一遍。而这两种结局，大概都使这一遍走马观花浮光掠影的"了解"失去了意义。

但我不想继续说这些道貌岸然的话了，没必要，我也根本没有这资格，对这十年人文游学的底蕴与传承我应当心怀敬意。闭营式上于领导和楚达老师好像都在讲在游学途中我们与外界发生的关系，讲到了《小王子》里小王子驯服的狐狸和玫瑰花，讲到了"人事有代谢，往来成古今；江山留胜迹，我辈复登临"，讲到了西北荒漠另一边的雪山。方才听腻了那些情怀传承之类话的我本来都开始在kindle上继续看我的书了，这时我又回过神来，一字一句听他们真诚地说着真诚的话。

我看到有几个高二的学姐哭了，如果这是我最后一次游学说不定我也会哭的，不过我想我绝对不会为那些景点导游令人无话可说的讲解流泪，绝对不会为建设时只顾经济效益而毫无一点文化操守的景区流泪。感动我的大概不是什么宏大而灿烂的，往往是一些细节处的心灵感受，甚至只不过一个镜头。很多感觉我甚至没法描述。就像——从西安去往张掖的列车上我相信我度过了这辈子最难忘的夜晚之一，靠在车窗上，看着净澈的星空，随便说些什么或者沉默。就像——篝火晚会上在一片漆黑的沙漠里，火光旁边我们四个人躺在沙地上，眼望新月和繁星举杯唱歌：火光照亮了天地之间所有混沌和茫然，忧愁和迷惘。"Raise a glass to freedom, something they can never take away, no matter what they tell you", *The Story of Tonight* 在这里不知道有多应景，我们边唱着 "Let's have another round tonight" 边继续往杯子里倒饮料，觥筹交错，眼神缠杂，空气里弥漫着的尽是大笑与歌声，竟然觉得有点上头。——这只是碳酸饮料而已，没有酒精，但是我们都好像酩酊大醉一般在昏暗的小路上旁若无人地继续摇摇晃晃地走，放声地大笑与歌唱。这是沙漠和星空赐予我们的馈赠，也是我们赋予它们的意义。

初中高中现在加起来在学校学了快四年的历史，有些时候我会怀疑，究竟是历史将其必然的走向降临给人间的某个载体以完成以实现，还是由人的自觉来创造的历史——不论是从大的视角还是小的，不论是世界的沧桑变化还是一个人的生命历程。但是在经过这一切无足轻重的小事之后我渐渐发觉，我们和这个世界的关系并非是单向的，并非是纯粹理性的一个是自变量一个是因变量，一个决定一个。它更像是一种相互的映照与诠释。

毫无疑问的是，我们每个人怎么想怎么活，的确没人在乎，这个世界更不会有丝毫的关心：包括我们的存在本身，这些全都不值一提。记得挺久之前有一个朋友和我聊天，说起来，突然就觉得，既然人都终究是要面对死亡的，那么活着即便有再多的成就与光荣也是无谓的，我们都能一眼看到再遥远的未来，也必定是要通向坟墓。当时无端就想到海子那句好多文青们都特喜欢的"你来人间一趟，你要看看太阳"，倒不是什么太阳不太阳的，我只是从这句话里感受到一点现世主义精神。把人生当作旅行其实是挺好的态度，毕竟我们决定不了我们的生，正如决定不了我们的死一样。我想大家都记得文艺复兴时期说的"人文主义"也建立在追求现世意义的基础上——这说的也是所谓"人文"——这本身就是对人自己的关怀。

或许旅行是关乎生命体验的，仿佛是旅行把人的生命变长了。按于领导的话说那叫精神生活。在西北的广袤天地间我们当然感到渺小与脆弱。游学的最后一天，在阳关道上向西南方向看去，望到的也只是无边无际的荒凉与无边无际的绝望和寂寞。小时候考试默写《渭城曲》总纠结是"劝君更尽一杯酒"还是"劝君更进一杯酒"，我甚至不会真正想起最后一句"西出阳关无故人"在表达什么。直到此时我们唱着《阳光三叠》，和王维前去送别的元二一样：我们正站在绿洲的边缘，面向荒芜。而直到这时候，我们才格外真切地体验到我们正在经历的生命本身。

如果回头翻游学几天写的那些文字，我意识到这次旅途我不断在试图寻求一种自我与世界相处的方式。在寻求旅行的意义、生命的意义，寻求如何看待人生这样漫长的旅途。我也是在旅途中逐渐明白，原来旅行和生命像是很类似的过程，也无非是小大之辩而已。

告别的时候从飞机上往下看，我从高空亲眼见证：莽莽黄沙里，敦煌是一片失落的绿洲。这时我才发现这个世界原本就是一片大漠，我们各自站在属于自己的绿洲里，那是起点。被寂寞隔绝彼此，那是宿命。

　　我们各自站在绿洲的边际，向远处的无垠望去，视线逐渐变得模糊起来。尽管眼前只有沙丘，我们还是向前走。

森林之魅

从腾冲市区去往松山的路我已经不记得有多远了，总之我抬头看一会儿风景，再低头读一会儿讲的正是远征军历史的书，倒也不嫌这旅途漫长。窗外的雨一直没停，南方茂密的植被都被浇灌成润泽的绿。自出发以前，我就一直无法以愉快而轻松的心情来期待这一次滇西的游学，即便是对中国远征军这段历史知之甚少，我自也深觉保持默哀是我应尽的义务和尊重。于是这景色之美好，也都成为天地所表达的静穆与庄重的

滇缅公路沿途

象征。大巴车又盘过了另一个山头，我手头这本《中国远征军：血战滇缅实录》也恰好翻到新的一章：血战松山。

通过看的一些书和纪录片还有听赵利剑老师之前做的讲座，七十五年前滇西的光景逐渐和我眼前的世界得以相映照与重合：从九个月修完滇缅公路的筑路史奇迹，到前期的仁安羌大捷，再到在缅北的溃退和兵败野人山的惨状。自 1942 年中国远征军第一次出征失利，炸断惠通桥，与日军形成在怒江两岸对峙的形势以后，滇缅公路遭遇切断进而导致国际援华物资无法进入中国内地。唯一的生命线驼峰航线由于要飞跃喜马拉雅山脉，成本高损失惨重，且运输量极为有限，显而易见不是长久之计。在盟军支援之下，经过整训的中国军队战斗素养和装备水平得到显著提高。于是两年后远征军重整旗鼓，缅北大反攻势如破竹。然而滇缅公路上的重镇松山仍在日军占领之下，那么攻下松山，夺回滇缅公路全线的控制权，就成为了当务之急：1944 年 6 月 4 日，自新 28 师的将士们进攻外围阵地竹子坡开始，直到 9 月中旬熊绶春带领的 103 师最终打下黄土坡、马鹿塘，宣告着松山会战的最终胜利：面对日军用两年修筑的防御工事和详密的防守方略——松山的光复，历经了整整 96 天的苦战。

横路怒江的惠通桥

在硝烟散尽的七十五年以后，在这毫不经意的一天，我们一行人以无言和静默进入松山战役遗址，山岭简直葱翠欲滴，曾弥漫的战火自是无处寻了。站在纪念墓碑前我们各自拿了一枝菊花，三鞠躬，敬献上白色的花束。不得不说游学途中我在墓碑前献过的那些花，我并不能说每一次我都抱有等量的敬意。如果说这一次我的肃穆我以为自是更诚挚与珍重的，想必也是觉得这些人倒下又站起的身影与我更为息息相关的缘故，直到这时我才感到他们与我的距离近在咫尺。这种潜在内含于时间逻辑里的恩情于我而言更为直接，历史若有必然的走向，那这些付出的生命大概使得这旨意得以真正的降临，同时也正直接关联着现今这些后辈的生活方式。我想起来前一段看的音乐剧 Hamilton 里有这样一句歌词，"I may not live to see our glory, but I'll gladly join the fight"（在我有生之年或许无法见证我们的荣耀，但我仍将义无反顾地为之奋斗），当"History has its eyes on you"（历史的眼睛雪亮，历史不会说谎）的时候，是去上前拥抱还是去被迫地接受历史的重托已经并不重要，他们实际所为，又都何尝不是如此。

的的确确，历史最根本的逻辑在于时间的推移，我们的存在也总与过去和未来都有没法割断的关联。远征军群像中我们看到十三岁的孩子，在野人山里竖着大拇指"顶好"，十六岁的少年冲向敌人的刺刀，也拥有向死而生的勇气。我发现我很难以坦然的目光去面对他们的身姿，在和平的温柔里我生活了太久，太久到已经忘记自己是否有相同的勇敢，于是内心里有无可面对的躲闪和惭愧。领队在前面领着大家走，说当我们为他们的英勇而感动，为十几岁的孩子有这样的气魄而骄傲的时候，似乎真正应当追问的是这个国家为什么会沦落到如此境地，居然会要求一个孩子，一个本该处于最为鲜活而明亮的日子里的生命却要义无反顾地去拥抱死亡——不论怎么说这都太过于残忍。自然，归根结底无非是国力的微小与民族的无力。但中国的积贫积弱绝不是这一代人，甚至说这几代人的罪过与责任，他们生来就面对着这样的现实，而不得不用性命去偿还历史欠下的债。103 师的墓碑后是纪念中国远征军的雕刻群，有同学说这塑像从艺术上并不那样令人满意，可能确实如此，我也不很懂，也不知道评价标准是如何，我只以为这也无外乎一种形式，留给我这样一个环境与氛围去追思。慢慢地走在上百尊雕塑前，除了敬慕，我觉得我心中难免是有些许歉疚的。在松山的林木森森里，细丝般的雨水滑落在林木的枝头，白黄相间的鸡蛋花陷落在泥土里——这是一个后来者，一个幸运者的愧怍和福祉。

国殇墓园纪念碑

在雨天的土路长距离地沿山路步行，日军为防守而挖的战壕还基本上可见。大概一身深，在群树的掩映下，现如今早已看不到任何战争存留的痕迹。在隔江对峙的两年时间里，日军在松山的高地上修筑了母堡垒和与其相配合的子堡垒，火力覆盖了几乎所有上山进攻的路，没有留有任何死角。美军飞机也曾试图轰炸日军堡垒，然而日军堡垒的建筑结构有三层之多，以坚实的汽油桶作为主要架构，况且顶端有厚钢板及土堆的掩护，从空中的打击效果非常有限。攻克松山，还需步步为营。现在保留的这些壕沟主要是交通壕，这些交通壕构成的错综复杂的沟通防御体系为远征军带来了极大的伤亡损失。以下攻上自然是易守难攻，在松山战役初期，荣3团直接对子高地发出的几轮攻势都以失败告终。几座密切关联的堡垒在防守上能做到互相弥补空缺，惨重的伤亡只好让指挥部放弃了强攻子高地的计划，转而将目标转移到外围的滚龙坡和大垭口阵地。将外围阵地逐渐攻下以后包围住松山的最高点子高地成为行使的方略。单纯的进攻难度大伤亡也更多，地势上处于较低的地方自然会是如此：于是在幽暗潮湿的隧道里，随着照明的火光消耗掉供给工兵的不多的一点氧气，一袋又一袋的泥土被用麻袋运送出来。在日军子高地的堡垒下，三吨重的 TNT 炸药被悄无声息地埋藏好。8 月 20 日，9 点 15 分，军长何绍周在竹子坡通过电话下令起爆。一声轰鸣，子高地的碉堡被冲起数米，浓烟滚滚飘到一两百米的高空。子高地被攻克，而松山战役的胜利终于露出希望的曙光。

远征军将士在历经 96 天的鏖战之后，取得的胜利对整个缅北滇西的抗战局势起到了转折性的影响。于是在后来，日本人投降了，抗战胜利了；再后来，蒋介石被赶出大陆跑到台湾去了，中华人民共和国成立了。卫立煌、宋希濂、孙立人、杜聿明，抗战期间一个个都是叫得响亮的名字，在远征军的作战中也都表现出了极为出色的军事指挥能力。也是，"是非成败转头空"，解放战争后，他们全部名列 43 名国民党战犯之中。再说他们身后那些名不见经传的普通士卒呢？我在书中看到日后对他们中一些幸存者的采访，我感到无可言说的悲哀。我总以为仅仅对此付之以叹是"闲情"笑"豪情"的轻浮与敷衍，但这叹息本身，又藏有多少无言的感慨和想说却没法说的无可奈何。

松山战役遗址

　　泥泞的土路，弄得裤脚溅的全是泥点，运动鞋也脏了大半。看过子高地，穿越黄土坡，我们终于走上了回程的大路。山林里没完没了的雨总算是停了下来，这时阳光正合适，气温也舒服极了，我居然不自觉地念起来了《大路之歌》——"长长褐色的大路在我面前，指向我想去的任何地方。"站在公路上眺望，近处的草地上生长着成片的黄花，而那一边的山上云朵仍聚集着，日光倾落下来，宛若金色的瀑布。山间的村落被照得闪闪发光，成为散落在山谷中的碎银。几十年过去，因砍伐与轰炸而光秃秃的，只剩堡垒阵地的山，居然全幻化为了如画的风景。天地，人与历史，在这样一个无以名之也无关紧要的时刻，就这样达成了一种微妙而脆弱的平衡与协调。我想起那时高喊的"一寸山河一寸血"，一时也不知道该如何是好了。最后我们只好说那是人的个体在时代洪流中的渺小，只好说这是历史赋予他们命运的悲剧，也无从责怪任何其他人。不知不觉中，我们还是无可避免地站在历史的高点上以回顾的视角来评说。一切看起来总是不那么公平的，如果说我对后来者有一点希冀，那就唯愿"豪情莫被闲情笑"吧。其实甚至都不是豪情，在松山我看到的更多的是悲情。是为过去的落后而偿债的不幸；是枪林弹雨里横尸遍野的壮烈。

松山战役遗址

天苍苍，野茫茫；山之上，国有殇。"静静的，在那被遗忘的山坡上还下着密雨，还吹着细风，没有人知道历史曾在此走过，留下了英灵化入树干而滋生。"（穆旦《森林之魅》）李正先生做了讲座，我发觉即使远征军仅作为抗日战争正面战场的一个部分，也有无数生命在这里被消耗与倾注，也更有无数不为人知的故事。我当然明白，七十多年之后，不论是早已化作风的那些魂灵还是现已风烛残年的老兵，在从此以后的每一个黄昏平静地降临时，他若想到如今在这片土地上生活着的人们得以在和平温柔的夜里安睡，就必定已经为曾经战斗的目标找到了意义，而不会再别有奢求。但这些宽容是他们的。在此情此景之下，我无法再道貌岸然地说所有的时代本无区别，无法再以戏谑的口吻说所有好坏都是相对而言，这是过往无数于我全然陌生的人，以生命为代价，由于这时间的逻辑关系而馈赠的恩惠，我们或许不能也没有资格接受得心安理得。稍稍值得庆幸一点的事情在于，这些年过去，还有人没有忘记他们，他们的所为渐渐被人所知晓和承认。我们也终有机会看到松山的遗址，国殇墓园得以重建和为人瞻仰。几千年前，唐雎就讲"有不可忘者，有不可不忘者"，往事并不如烟。在松山的天空下，我如此清晰地感受到来自历史的重量，而我"无法再享乐地身处这个时代"。

在高黎贡

瀑布的声音从走进山林踏出第一步时就可以听到，湍急的水流的声音是很富有生命力的；而一个地方如果没有水，似乎就总是缺乏灵性。夏天若有若无的风吹来远处瀑布扬起的水汽，那气味是清新凉爽的，其实说也说不清，非得走到那片山林里闻到才好。人迹罕至，原始而茂密，高黎贡是一个理想的秘境。油亮的叶子，呈现出规则图案的蕨类植物，硕大的灵芝，还有此起彼伏的鸟叫；这里不只为野生动物提供了生存的庇护，也为生活在城市中的人们重返森林的渴望提供了可以安放的角落。

通往百花岭阴阳谷深处的小路看起来已年久失修。也的确，我还当真没听说过有谁会来这地方旅游，高黎贡甚至都还不是景区。山路是很崎岖的，许多地方不过是碎石堆砌，并没有什么路，雨季过后的土地潮湿泥泞，每一步都得走得小心翼翼。但我倒心觉这样才算得上有趣，这样才归于自然的真实。置身于一片绿色之中，横柯上蔽，在昼犹昏；语言辞藻贫乏如我，一路上只会说这地方真是美好极了。远处的苍翠中垂下一段白色的绸缎；透过葱郁的树枝的间隙，还能看到有一棵巨大的广西火桐给无尽的绿里加上一抹亮红色。领队的老师说过一会儿我们就能走到瀑布底下去了，这无疑为旅途增加了期待，我心里也终于觉得这原始森林徒步总归不是漫无目的了。前进的途中水声潺潺不绝于耳，也没有什么人交谈；"蝉噪林愈静，鸟鸣山更幽"，不错的，天地大美在不言之中。

山路险峻地回转，又走了一段下行的路；直到这时水雾忽而席卷而来，走在前面脚步快的同学不断发出欢呼。阴阳谷位于百花岭地势较低的谷地位置，热带雨林的热气好像全都聚集到了这里；又热又潮湿，我早已走出了一身汗。而这代瀑布提前来问候人们的水汽一下给周围的空气骤然间全降了温，卷起的凉风吹得我额前的头发无比纷乱，把汗全吹干了；这不像是那种猛地进入空调房里一霎时的冰冷，而是一种柔和而沁人心脾的凉意。——刚才遥望着的那个瀑布忽然重新出现并不是出其不意的惊喜，而是蓄谋已久的期许，其实本来也就是这水汽的清爽和与岩石拍打的巨响指引着我们走到瀑布之前的，仿佛是我们继续往前走的目的。这时候那极有生命力的奔腾着的水声就湮没了所有欢呼与叫喊，很快我眼镜上布满了水珠，使我不得不摘下它，校服和里面的长袖 T 恤也湿了一半。但我都没来得及管，还是绕过围栏语无伦次地冲进瀑布扬起的水花里。那时心里也只不过闪现出这一个念头：这必定是我很久很久以来最快乐的一天。

高黎贡山

　　我还是一样不明白这瀑布吸引着我的到底是什么。壮丽，震撼，简直是太无力的形容词，道不出我那时心情的千分之一，它们都太抽象又都太不真实，叙述的也不过是一种泛滥而空荡荡的共情。"飞流直下三千尺，疑是银河落九天"，我们因为背得太熟了而早就忘了这诗的意思了，多浪漫的写法啊。我想起来《雪国》的结尾，这白色的银河也倾泻而下，毫无缘由地"落在心坎里"。大笑着歌唱着，我不知道在瀑布前我拍了多少张照片；拍飞腾的水花和同行的朋友们的笑靥，我在企图留住什么，可惜手机镜头被水珠沾湿了，许多照片都变成一片模糊；什么也留不住——何况每一刻的瀑布也都并不相同，但其实也毫不遗憾。

　　不知不觉中又往前走了一阵子，终于连路也没有了。可能是出于时节正处于雨季的原因，积水使岩石围绕着的水潭水面上涨了许多，原本铺好的石子也全都被淹没了。我脱下鞋之后几乎是跑进水里的，像是童年一见到清澈的流水就立刻产生出的激动。不料这瀑布水冷到刺骨，没走两步脚就近乎冻僵，但是我居然还是不舍得在这净澈的水里少待一会儿。我不知道该如何形容这水的清澈，"见底"，太平凡乏味；"皆若空游无所依"，又显得太雅了；前面的同学一不小心把鞋掉到了水里，表面上抱怨两声，我心里觉得她绝对也毫不介意吧。走在碎石上有人说这水里会不会有蚂蟥，我居然也没有当初那么怕了。边走边想，如果非要形容一下这水的感觉，更像是风吧。在这潭水里弄湿的裤脚，因寒冷而发出的尖叫，总和天性与自由关联在一起。我才明白原来高黎贡之所以迷人，原来在于这里保留着一个对我而言失落已久的世界。生活在四角的天空里的人们感到欣喜，因为这里有一个比网络与虚拟，比囿于单纯的文字和图像，比局限在钢筋水泥的一隅更远阔的世界。

滇缅公路沿途

我们的工业文明建立起城市，也修筑起公路，工厂的浓烟一并腾腾地升起。我从未评价这一切不好，有任何厚古薄今之意，因为或者本来就没有好不好这一说。耸立的楼房与络绎不绝的繁华街道，我们追求和命名所谓的"便捷"其实也不过是出于现代化生活的要求。而这些无疑是我长久以往所习惯的，自然也都全部欣然接受。但是对于自然的情愫，像是人们与生俱来的本能，我们没法拒绝。据说上一次在滇西游学时有人在高黎贡幸运地看到了白眉长臂猿，好像这种生物在地球上也不过剩下一百五十来只了，应该算是濒危的物种了吧。本来追溯到几十万年前说不定是同源的生物，如今从各种意义上来说却都相差这样多，不能不让人有点感慨。我们的灵长类祖先，正像这些长臂猿一样，就长久地在这样的原始森林里，在树枝上度过一生，将生命全部依托给自然。北岛在三联版作品的序言里有句话我一向很喜欢，"远行与回归，而回归的路更长。"对他而言，写作也许如是；大约世间千千万万的事情，很多也都如是。人和天地的关系好像总是取决于人类的一厢情愿，人类成为主人，天地的回答往往趋于冗长与无声。我们走出森林，逐渐建立起村庄与城市，从树枝走到田野，从田野住进楼房，我们离真正的自然愈来愈遥远。

回归并不是说去否认文明的演进与发展，只是人的生活终究倚仗于自然的给养却忽略它所有的回声，不能不说这像是一个悖论。回归，更像一种对于人地关系的重新审视，似乎本不应当有谁对谁的主宰，一种微妙的和谐正在于互相的映照与协调。人类的脐带跨越崇山峻岭和漫长的铁道，仍旧系在原始森林里那一棵高大的树下。

南纬 43 度的夏天

"尊敬的各位旅客，我们现已抵达北京首都国际机场。当前室外地面温度 0 摄氏度……"

北京时间 2019 年 2 月 19 日上午 10 点，基督城时间下午 3 点，这时候 Cooper 和 Pheobe 应该都快放学了吧。北京冬日的天空是灰白色，一切喧嚣在暗淡下都显得阒寂，而蓝天白云与湖光山色的明媚风景远在半个太平洋以外。环顾四周的人流，指示牌上重现熟悉的汉字，背包里还有一笔没动的假期作业……我感到恍惚。这一周多的时光终于给我留下了什么呢？除了购物所得的麦卢卡蜂蜜和纪念品，进步了一些的英语，增进了一点了解的 kiwi culture，或许最重要的，是南半球的那座小城赠予我的温存。

可幸的是，和寄宿家庭短短一周的相处，让我获得了不再对未知世界道听途说的资格。不论是好的还是不好的，一切评价之前终于省去了"我听说"的前缀。对于一周以前的我而言，基督城，是我闻所未闻的地名；南半球，是我从未抵达的秘境。一周以后，我第一次如此明晰地意识到，在无数我未知的远方，无数的人们，正过着我从未知晓的生活。这段时间里我不是旁观者，我在真真切切地参与。这毫不相同的生活的一切，具体到每个细节每个瞬间。所以我懂得由于表达本身的局限性，去认识一种未知难以凭借他人的口舌；探访真实，往往需要独自前行。由于切身地参与，所以体察得到所有细小的瞬间，由于拥有这些细节，所以这未知的生活才不显得空洞，才丰满完整，才明亮而鲜活。

诚然，这些日子的确如诗如歌般美好，同时竟也是不可否认地空虚。没有压力，也没有动力。其实我就一直在反反复复地想，人生的意义到底是否与快乐相关。简单的快乐值得追求吗？属于他们的轻松幸福，似乎全然经不起挖掘。看着他们十一年级学着小学数学内容，回了家一点不学习，一本书不看地刷 instagram 小视频，和同学连麦打游戏……就要写不完寒假作业的我难免感慨至深，嘴上说着自己投错了胎，但是内心最深处我也格外清晰地明白，这样的日子，大概也根本不值得羡慕。教育水平要求相对较低，大家每天很多娱乐都指向虚无，这些轻松幸福背后隐匿着的问题太大了。进一步我们甚至可以对比国内的情况，透过这些现象来写到社会阶层上，谈到这里面的诸多弊端，分析这个国家后续发展可能面临的困境等等。可能也无非是一派胡言，不过着实有很多素材可以写。

但是不，人之为人的感性让我没法继续理性地查资料，或者再写任何批判的话。因为所谓"温存"这种诗意而温柔的感情常常使人失去观察世界客观的视角，而且让人失去得心甘情愿，甚至我都知道我是在靠美好的幻觉活着。可是刚才说的话有时就分明可以倒过来了——在基督城的日子空虚平淡，却也如梦一样轻盈而美好。这就是看待世界的不同角度，有的人能对世界不留情面，拨开一切虚幻的表面去看一切本来的实质。但我不能够，或者也不舍得。我即便知道这世界有万般不好，有太多伪装和表象，但它也一样值得被爱。这话极像鸡汤，或许矫情得很，但是这一次我写出来却格外真诚。因为感知世界、评判世界的时候，我心里的确总薄薄地留着余温。

　　这温度又从何而来呢？或许也正需要从生活中一个个细小的瞬间里寻到，它们一个一个都积累了起来。我路远迢迢地来到这座城市，在这里居住了短短的一周，和一家人共享了一段记忆，于是这些经历让我们有了无法分割的关系。从第一天尴尬的静默，到最后一天的无话不谈，中间隔着的，是那些一家人一起拼拼图的深夜，每天中午打开 Catriona 前一天给我准备好的午餐，和 Cooper 在放学回家的路上聊起的各自未来的理想，然后他给我讲新西兰的学校生活，我给他讲中国的。Pheobe 跑到我房间来想找我说话却不知道该说什么，于是说咱们一起拍张自拍吧。在海滩野餐，一起吹着海风蹚着水走，海天一色都是轻柔的浅蓝。在 Akaroa 的风里一起瑟瑟发抖，在绿草坪上赛跑。市中心花园里打迷你高尔夫，有一个洞我足足打了八杆才进去，Glen 笑着说，哈哈哈，记作五杆好了。

有些时候现实中存在的很多问题都纷纷表明文化背景不同的人难以和谐相处。但是在这一周里，我感受到的只有快乐和包容。互相了解不同，但也互相尊重。我想大概我们并不也总是孤岛——超越生活习惯，超越种族文化，人们或许也有机会活在一切标签之外。他们给我留的卡片上写"We love your staying here"，应该也是真心的吧。

最后一天，吃完 Catriona 给我做的最后一顿晚饭，上车前张望了逆光下金色的秋千院落，在基督城机场哭着和 Catriona 和 Pheobe 说"take care, see you"的时候，我骤然明白，我们只是在南半球的夏末互相赠以笑容，然后继续各过各的生活。

有些事情和原来没有任何区别，但基督城在我这里留下的温存让我再提起这座城市时难免想笑也想哭。那天夜里回程的飞机我坐在靠窗的位子，看着月色洒在南太平洋上，如此冷清而明亮，我不记得是文欣还是诗砚跟我说的，虽然事实上有时差，不过此情此景，真是让人想起"海上生明月，天涯共此时"这句诗。好吧，我想到的是"月是故乡明"，不过我想基督城，也成了我南半球的家吧。隔着巨大文化社会差异的沟壑，隔着认知裂痕，但是毫无疑问的是，仍然有桥，连在彼此之间。

云深不知处

　　游学行程都到第六天了，这还是我第一次真正发自内心地想动笔写点什么。——原谅我的肤浅，在旅行中我一向最喜欢的还是自然景观。早上起来，因为前一天有点睡眠不足的缘故，在车上还昏昏沉沉地睡了很久，睁开眼的时候窗外已经是一片碧绿，想必是快到了。团状的雾气，葱茏的竹丛，平静的水面，还有漂着的一条木舟。好吧，我并不擅长写景。我狂拍旁边的李一线让她看，结果她转过头来的时候已经过去了。太可惜了，入川这么多天，现在想想，还是这一幕最让我觉得动人。

　　到忘忧谷下车。外面正下着不大不小的雨，没穿雨衣没打伞，"同行皆狼狈，余独不觉"，所谓"竹杖芒鞋轻胜马，谁怕？一蓑烟雨任平生。"还觉得颇有点这样的意味。专门躲到最后等所有人都走完了，就剩自己落在最后，竹林清幽的妙处这样方才能显现出来。

　　我长久以来都认为，一个地方倘若没有水，那就必定没有灵性。在这里也是如此，茂林修竹还是得有清流激湍映带左右才好。这地方叫忘忧谷果然不错，听着瀑布和清溪在石头上激起水花的声音就足以令人舒心。水的意象就好在它给人的体验是很多方面的，你不仅能看见它，还能听到它，感受到它的触感。山谷尽头，九天瀑布扬起的水雾差不多把外套和头发溅得半湿，清凉中我还觉得透着点沁人心脾的平静。

后来从忘忧谷出来，又坐缆车上山。雨还是这样下，我甚至觉得这一天好像就应该这样下雨，要是没有这点绵绵细雨则趣味全无。山林中笼起层层烟，我们乘着缆车掉入一片白茫茫里，又眼看着远处的低饱和度的红蓝色缆车一点点被浓雾吞没。下面是竹林的苍翠，几乎要把雾气也染成碧绿。我们在上面俯视竹子的形状，从竹子开花聊到从缆车上掉下去会怎么样，不知道时间过了多久，雨依旧若无其事地一滴一滴从窗畔滑落。索道起起伏伏时上时下，缆车的终点云深不知处。

蜀南竹海确乎是很美的，而且美得干净又温柔。不论我是坐在缆车上，还是走在山林里面，即便四川盆地这里总是天色阴郁，但这天心情的舒畅是实实在在的——不得不说，是很长一段时间以来我难得觉得最为心旷神怡的时刻。哪怕只有这么一天，我都以为这次来四川的旅行是十分值得的。直到我晚上回到酒店，把相机里这一天的照片全部都导出来看，一张又一张，不知道为什么总觉得白天的记忆变形了。水流溪花统统在相机里褪色了，都全然不是那么回事了。我才发现这景色远不如我印象里那样好看，忽然就很大失所望。本来以为会出很多满意的片子，最后发现一切也无非是最平凡意义上的"还行"而已——不过如此。的的确确，蜀南竹海并没有什么奇观，绝不算那种多么难得一见的美景。只不过对我而言，压根用不着什么多震撼人心的景色，有这么一个地方，在这里想什么做什么，都没有正确错误之分（准确地说，是没有别人会认为你正确或错误，我也不会感受到这种无形的压力），可以暂时作为庇护所，简直就好极了，正是我想要的。想到《放鹤亭记》，所谓"南面之君未可与易"的快乐，表达的差不多就是这层意思。这带给我的慰藉，其实早已远远超过风景本身。

我逐渐想明白一点，自己之所以喜欢自然风光，归根结底还是对现实生活的逃避。先不消说平时跟各种人、各种事情打交道的情形已经很令人头疼，即便出来旅行，祭拜祠堂，所谓文化现场之类，我总还觉得自己要背负着什么；唯独在这里，我不需要是谁，不需要是任何人。毫无疑问，这是我的无能或者懦弱，我当然承认，但是没办法。因为活在这个世界上，不被别人或者某种被裹挟其中的共同观念绑架的时刻实在是太少了。人们进化了几万几千年，逐渐懂得一个道理：想要生存下去，就不得不相互依靠。所以享受社会这种集体形态的诸多好处的时候，也就不免得承受些许代价。我没有任何什么反社会的意思，它是一定要存在的，要不然人们就会像亚当·斯密说的那样，所谓"各自为战"。为了维持这个架构与形态，人们相互之间建立起各种各样的伦理关系，分享着一些共同的记忆和想象。我们无疑是靠这些活着的，文明、文化是它们共同的名字。然而在自然面前，我感受到的类似一种接近原始的赤裸。英文里，"nature"这个词既指自然，同时又指天性，放在这里，真是一语巧妙的双关。

于浓雾中，于竹丛里，于瀑布下，除去了人的社会性，人本真的天性得以解放和发挥，得以被珍视和歌颂。

于是又要回到一个已经是陈词滥调的话题上去，我们自己到底是谁。高一第一学期开学的时候应试写过一篇"真我"，当时好像写了一堆似是而非的废话。上次在张掖的火车上看星星，当时我写了一句什么，意思大概是绕开世界，抛开生活的种种琐碎，我们总还有办法直接和宇宙对望。之前看过本通俗小说，里面有句话，讲的大抵是我们终其一生，就是在摆脱他人的期待，成为真正的自己。这一类话，表面看似很有道理，实际则根本禁不起推敲，说到底，它还是回避开了这个话题。因为真正的问题是，如果当绕开世界与社会，抛开生活的种种之后呢，忘记、或者说超越了社会赋予我们的身份与角色，脱离外在的存在形式，我们还将如何区分彼此，而我们各自在精神上又还能剩下什么呢。

这个问题太难回答了。《阿莱夫》里面有一篇《永生》，博尔赫斯写，"我曾是荷马；不久之后，我将像尤利西斯一样，谁也不是；不久之后，我将是众生。"这么一来，好像把脱离了社会性质的自我指向了虚无，大家都一样，没有人特殊。事实大概确实如此，但这样未免太绝望了。甩下这样一个结论，冷笑几声，并不能说明我们想通了。它什么也说明不了。

　　不过，话说回来，在蜀南的竹林里我依然不知道自己是谁。脱离了自己的社会属性，身处篁竹当中的时候，忽而就觉得自己好像掉入了一片自由的彷徨，什么也抓不住，但与此同时有人不被什么所束缚。山幽鸟鸣，水流潺潺，在西南的一隅，在这个远离烟火的地方，我很安静地走了一段路，什么也没拍，什么也没说。我却突然在意这分钟，我却突然异常清晰地感受到自己的存在。

忽如远行客

人间烟火

　　我感觉仿佛时下许多人对于"古城"有别样的情结。人们喜欢去某某古镇旅行，看几座时代悠久的建筑伴着小桥流水，然后自我陶醉道，这才是生活该有的样子。

　　我愈发体会不到这种妙处了。我旅行的并不算是很多，然而那些负有盛名的古城我确乎是去过不少。去的多了，难免审美疲劳，这是原因之一。差不多的古城差不多的模样，总归见得多了就嫌无聊。林立的招牌，木色的雕窗，不平而狭窄的石路，忧伤的歌；彼此相类似的纪念品和明信片，小吃和冷饮，在每一家店里分别地卖着。好吧，在贵州这边——每一座古城里面的杨梅汤都是清一色同样的包装。是杨梅做的吗？是鲜榨的吗？那个卖杨梅汤的女人含混地点点头，说，"十五块钱一杯。"

　　我已经懒得批判这些地方商业气息太浓重，过分地过度开发为了吸引游客挣钱了。我只是疑心，这里又哪有什么生活可言。生活是真真切切的，是既有苟且亦有诗和远方的。我情愿看见古城里面人们几百年来就那样平静地生活着，几座染布坊在晾晒着衣服。风雨桥下流水间几个妇女拎着竹篮在洗衣洗菜。情愿看见瓦片之间的长着的青苔、屋里升起的袅袅炊烟。——这些生活，这些美好，是真实的。毕竟生活不是摆拍，是要一天一天过下去的。

每逢假期，父母总是要带我去旅行的，在我看来，在休憩中依然有存活感，在放松时也并不放弃每一秒的意义是种积极的生活态度，什么开阔视野增长见识这类冠冕堂皇的话我倒觉得未必。然而这种态度终是在没有察觉中使人受益。而我也日渐发觉旅行的确使人变得有趣。

我从前一直不理解父亲这样的偏爱——每经一处，若是顺路而时间充裕，必是要去逛逛看看这里的菜场和集市。起初我嫌那里人多而嘈杂，总不愿去，然而近年来随着年龄的增长我也逐渐体会到这其中的乐趣。在菜场和集市里，我看到这里出产的与其他地方截然不同的蔬菜水果，冰块上放着看起来还没死多久的鲜鱼。案板上猪肉红得鲜艳，切肉的刀上的血还没有干。笼子里的鸡鸭还在蹦跳和叫着，或许还没明白自己的命运，也不知谁会先被选中。吵吵嚷嚷之间，人们大声叫卖，讨价还价，排着队挑拣着蔬果，仔细查点着找回的零钱。

的确，这里有生活。没有表演和做作，这是平凡而真实的生活。这是那些受人追捧的"古城"所不具有的。你看，人声鼎沸中，人潮拥挤中，生活气息正扑面而来——也许这才是每天在学校和家之间往返、把日子过得快像修仙一样的人们真正愿意去体验的生活。

那天傍晚在贵阳城里散步，甲秀楼旁边是条步行街。人群熙熙攘攘，青年人和中老年人都在这里过着他们的生活。几个人围成一桌，坐在街边的塑料凳子上吃着烙锅，菜和肉都油光闪闪。卖丝娃娃的摊位随处皆是，有人买来了就拿着边走路边吃。听着滋滋作响的声音，看着铁板上升起的浓烟，父亲转过头来跟我说，你看啊，这是这里人们的生活，来这里走走还挺有意思的。微黄的灯光里，我看见刚过了油的马铃薯块上被撒上了孜然和辣椒面儿，一个青年人买来吃着津津有味，脸上都写着满足。我心说是啊，这才是这里的人间烟火。

在我和世界之间

人间有味是清欢

莲夹这名字听着就觉得雅致，刚出锅的一盘在暖色调灯光下照得亮闪闪的。筷子轻轻夹住咬上一口，仔细端详，炸出来金黄色的面皮，莲菜之间的肉馅里还有香菇独特的香味。它渐渐被赋予味蕾之外的意义，渐渐被我无端地升华成一种温馨意象。

这种食物之于我的记忆是绵长的，大概可以追溯到十几年前，对，总是春节。在红旗路边的那栋老旧的小楼里，一间暖气不太热的小屋。穿越寂静和被白色充斥的悠长楼道，敲门，开门——"回来了呀！"奶奶打开门，爷爷以他那几乎可以从人群中一眼辨识出的步态走出来。

时间的滤镜使一切的色调都略显暗淡，不过其实郑州的冬季本身也没有什么晴天，天空总是灰白色，况且所有温情本身，也都不是什么热烈的感情。奶奶以她伛偻的身姿走到外阳台，拖鞋在瓷砖上的声音在寂静中显得格外响亮，从那里抱出一个不锈钢的小盆，莲夹在其中堆叠着。我在北京并不太能常吃到莲夹，春节时外阳台那个小不锈钢盆里盛满的是我一年一度的企盼。刚脱了外套，换上家里穿的衣服，厨房里传来呼喊——饿了没呀，奶奶这就给你把莲夹放在锅里炕上，别急，马上就能吃上了呀……

奶奶家的餐厅如果只有玻璃面的餐桌和吊灯的图像，那必定总是不完整的，要有旁侧一直看着的电视的响声，或许还该有窗外的鞭炮和烟花。当然最不能少的是白瓷盘上的数不清的莲夹，轻轻炝过之后呈现出极为诱人的焦褐色。母亲和我在争论，我还想吃第六个莲夹，但她坚称小孩子晚上不可以吃那么多，容易肠胃不舒服。争辩不过，我只好先答应下来。

有些时候我很喜欢有关春节的种种，原因就在于它们在与人有一种空虚感的同时又让人觉得空虚得那么心安。人们围坐一起，寒暄问候，谈笑生活的琐屑。这些本身毫无意义，却又好像一个仪式，使人心里觉得有温热，使人心里觉得踏实，生出幻觉般的温馨。似乎正如吃莲夹一样，明明知道这高油高盐的食物自然多吃不得，但最原始简单的快乐和幸福又在入口的一瞬间随着香气与酥脆得到极大满足。奶奶总是眼含笑意地看着我一口又一口地吃，说着"平时那么累，过节多吃点，也没有关系的呀"。时光之于每个人也时常有不同的触感——在计划本的黑色对勾之间的日子过得多么忙碌而充实，被"意义"赋予了意义；然而那时的一口莲夹，餐桌上的几句嬉笑，奶奶祥和的目光总让我感到，这世界之于我除了目标除了理想，在这些之余其实总还有一切缺陷和不好都可以无条件地被接受的地方，总还有一切脆弱都可以安放的角落。其实还有许多柔软，许多温情。

于是母亲走后，趁大家都在客厅聊天说话，我又一个人在餐桌上吃了很多个莲夹——我并不是一个自律和听话的人。越吃，我就越陷入一种麻木，我意识到我当真已经不知道自己在品尝什么了。莲夹本不是什么山珍海味，也绝称不上回味无穷，咸香夹杂的食物自然一点也不稀少——我才慢慢发觉，我品尝着的，我一筷子又一筷子不断地往碗里夹的，其实也无非是一种弥留的热切，一种平淡而无法割舍的温存。

是了，温存，我喜欢这个词。它表明的是一种状态，一种平和而持久的感情。平和而持久，总具有热烈所不具有的力量。不得不说，似乎亲情题材的文学或者影视作品是最容易获取我的眼泪的，尤其是当我还是一个小孩子的时候。往往囿于无声与沉默，陷于不够热烈的困境，却最

人间有味是清欢

终指向抵达心底的感动。

今年春节，由于诸多事宜简直让人忙得不可开交，于是没能回乡，自然也没能回到那栋红旗路边的破旧小楼。初二还在北京待着，家里人少得只剩下我和父母，虽然我并不喜欢热闹非凡，然而总觉得有些落寞。于是上街吃饭，翻遍菜单唯独钟意于点一盘莲夹寻求一点属于节日的慰藉。菜端上桌，我定睛审视，这饭店里的莲夹比奶奶做的精巧，甚至肉馅更多些，莲藕也更薄些。然而我尝后不禁心说"这吃着感觉不对，莲夹不该是这样的啊"，我觉得尝起来好生奇怪。我不知道美食家们对于一个莲夹的"好吃"有何种标准，其实也并不真的关心。它之于我的意义，或许只是熟悉的味道所能给予我的一份心安与踏实。

时代变奏曲

　　大概是八九年前一个盛夏的午后，我放了学背着书包，跟着班级的队伍从学校里走出来，姥爷正在小学的校门口朝我招手。记忆如此安静而温馨，仿佛时间凝固在那一刻。我和老师同学道了别便飞跑着去找他，拉着他去学校旁边最近的一个小商店买冰激凌吃。他点头说好，从钱包里摸出五块钱。看着我一口一口舔着冰激凌的样子，他摸摸我的头，笑了。"你姥姥第一个月工资才挣二十一块钱，"他说，"你这就吃一个冰激凌，快花掉四分之一啦。"

　　于是当时念一年级的我惊诧不已，他虽然丝毫没有责怪我的意思，而我却忽然心里觉得很是歉疚，接连好几天都没好意思再拉着姥爷给我买冰激凌吃。

　　妈妈说她曾经也是像我这样。背着书包，放了学，拉着接她放学的姥爷给她买巧克力豆吃。但那时姥爷并不会像答应我那样轻易地答应她，虽然那时一包巧克力豆只要几分钱——"有那些钱，都足够买好几个馒头了呀！"

　　"能吃一包巧克力豆，简直像过年了一样，"妈妈回忆说，"你现在还稀罕什么啊。"

　　从那个时候起，我才渐渐发现，原来很多事情并不是一如既往都是这样的。原来隔着并不太遥远的时空，存在着一个与现在全然不同的世界。那个世界在我的脑海里也曾是一片空白，渐渐通过我读过的书，通过听到的老人们的话一点一点构建起来，开始从一个空虚的年份日期，具象成为一个又一个生活场景。一切之于我虽然都是未曾发生，却都宛如历历在目一般。

"20 世纪 50 年代的时候啊——你太爷爷做地方干部，别人问他什么叫社会主义，他说社会主义就是"楼上楼下，电灯电话"。大家听了，都说社会主义真的是好啊，脸上全是向往的神情。那时候，两个柳条箱，一红一白，就是我们家里仅有的家具。八口人住在十几平方米的平房里，只有两间卧室，我们四个男孩晚上就挤一张大通铺……"我在晚饭桌上曾听姥爷这样讲起。明亮的吊灯下，光线营造出温馨的氛围。满桌饭菜的丰盛与姥爷话里的窘境形成了鲜明的对比，"别光顾着说这没用的陈年旧事啦，"姥姥叫姥爷专心吃饭，"这都什么年代了。"

我身边的大人们、老人们还大多喜欢给我这样的晚辈讲些过去的事情，十几年过去，我渐渐在饭桌上温柔的灯光里听完了父母、祖父母这两辈人太多生动的故事。历史课上教给我的中国现代史，大多是从宏观角度下以俯视的目光评说，然而这一个又一个鲜活、有血有肉的故事给了我另一个观看过往风云千樯的微观视角。每一个国家的历史变革，都必定以这时代的人民做证人，也自然以这些人民作为主角。国家统计局报告里持续增长的各项数据，课本里书写的国家建设取得的诸多成就，中国从 50 年代的起步到今日"决胜全面建成小康社会"的发展，七十年来翻天覆地的变化自然是不言而喻的，而这些成就终究还是造福于每一个生活在这时代的人们，为了让他们过上更加美好的生活。我想要了解这变化——或许看的应当正是每个人真真切切在过着的生活。不说那么大，只从我身边的人，就足以见证沧海桑田。

一个让我感触良多的故事来自 20 世纪 50 年代。

1951 年，全国刚解放不久。曾外祖父本是随刘邓大军南下的，战争结束，被任命到南阳工作；还没来得及回山西武乡的老家就前去赴命。

一家人阔别多年，曾外祖母于是计划带着三四岁的姥爷前去相会。谈起这段故事，姥爷感慨万千。"三个月，"他说，"赶着驴车，那真是一步一步地，从武乡走到南阳的。"

怎样赶驴车？又沿着什么路走呢？那晚上在哪里休息睡觉？刮风下雨了怎么办？作为新世纪的孩子，我有太多担忧和顾虑，我也没有办法想象没有飞机汽车高铁的交通，会是什么样子。在乡间扬满尘沙的土路上，驴车的脚步一脚深一脚浅无比颠簸。栉风沐雨，风吹日晒，烈日炎炎下在困顿中赶路，夜色笼罩中在驴车的摇晃中闭眼休整片刻，这都不算什么，也只顾得继续向前去了。似乎在他们看来没有那么多"该怎么办"，我的这些问题在那一代人眼中又何曾需要答案呢。我想这是我的脆弱，或者其实换句话说，也是时代在他们身上加上的重负。从武乡到南阳五百公里的路程，这样绝算不上多远的距离，飞机也只能一起飞就准备降落，而乘高铁最多也不过两个小时，即便开车，在平坦的高速路上行驶也只用花费小半天的光阴。历史前行了七十多年，忽然回头张望一番，才发现过去的世界已经被落在身后太远的地方。

那时坐在晃晃荡荡的驴车上，看着前面坑洼不平的土路和因驴车走过而扬起的灰尘，姥爷大概完全想不到，未来的某一天，自己用手机支付租好了车，正沿着海南的环岛高速公路驾车行驶。道路宽阔而平坦，海风袭面，道路两侧浅蓝色的天空映衬着成列的棕榈。在他海南的小洋房外有一座院子，现在的姥爷喜欢在院子里的遮阳篷里坐着，邀几个旧友打扑克牌，又或者只是静静看外面的风景。

这又是七十年以后的事情了。

之于姥爷，两个自己之间隔着的七十年截然不同的境遇，是时代的恩赐；不过这时代的眷顾，归根结底还是源自每个身处这时代其中的人付诸青春与年华的奋斗。七十年里他曾在学校，曾在煤矿一线采煤，曾在工厂里维修机械，曾在银行里管理经济统筹——每个人的命运被裹挟在时代里，而时代也恰恰由每一个人的命运所决定，所构成。

不过中国的变化也并不只是他们的故事能反映的——我想我也有我能

体会到的中国变化。

初中毕业那年，中考结束之后我和父母去青岛旅行，我想那应当是黄昏时分，我正坐在黄海边的礁石上，海水潮汐的律动在石上留下一片片浪花。绚丽的晚霞正遮掩上天空一角，而海上的腾腾蒸汽为海面笼上一层烟。大海的美需要衬托，因为这波澜壮阔固然为我所爱，然而在我心里也无非成为美丽而平凡的风光。母亲说她初中毕业那年——应当也正和当时的我同岁，第一次离开河南省，和叔叔婶婶去大连旅行。"那是我第一次看到海啊，"她问我，"你还能记起来那种激动吗？"

我只好摇摇头。也许是我的漠然与麻木，但我想这不是我的错。她的初中生活是两点一线，家与学校之间无尽地往返，生活简单到近乎除了学习之外什么也不剩。和在80年代末读初中的母亲相比，我只是有了许多可以去旅行的机会，走了太多的地方，见了太多的海。从渤海湾到南海的澄明，从印度洋望到地中海的蔚蓝，大海之于我，的确已是不足为奇的了。小中见大，从我与母亲青少年时经历的分别，能看到教育的进步，能看到第三产业的发展——我们每个人身上的经历，都有中国的变化。

仿佛确凿是如此：幸福从不是一个客观的程序，而纯粹是心灵的感受。幸福需要一种映照，它应当是苦涩后的回甘。从"楼上楼下，电灯电话"的憧憬，到"三转一响""万元户"的渴求，再到"有车有房"的向往。我这一代人就出生在这物质极大丰富的时代里。自我们来到这个世界，这个世界便已是这个样子。当初的愿景已逐渐被实现，于是我们也都习惯于此。这些理所应当，殊不知那其实是几代人梦寐以求的生活理想。这不是我们的过错，这也不是我们的不知珍惜——这是中国的变化，这是时代的进步。

几代人，无声无息间改变掉这一些生活的具体形式，似乎不那么重要，但又好像完完全全决定了我们存在的状态。在红旗下，在蓝图里，是每个人真真切切的生命体验。

这七十年沧海桑田的变化不是上天的馈赠，我看到了这三代人将生命投入了这说长不长说短也不短的时光里，于是我们"习以为常"地拥有了如今本该是他们视之为人生追求的生活，因此我心中常怀一份感恩。

未来七十年呢？今天的我想象不到那时的场景，也正如七十年前的姥爷想不到如今一般吧。"世界终究是你们的"，世界终究是我们的。未来将何去何从，未来的人们将有何种的生活，终于是时代留给我们的悬念。带着前人留给我们的勇气，并不遥远的未知正等待着我们，等待我们前去创造属于我们的历史。

与共和国同行
——记我的姥爷石金祥先生

写在前面

　　1948 年，解放战争来到重要的转折点：三大战役的战略大决战已全面打响，全国战局都逐渐对解放军有利。这一年，也就是新中国成立的前一年，曾外祖父正随刘邓大军南下，姥爷出生在革命老区山西武乡。"生在新中国，长在红旗下"，他的一生是和共和国一起成长的；而他的命运也和这个年轻的国家一起浮浮沉沉。几十年之后，当姥爷再次回到山西武乡那座他出生的老屋子中时，心中难免无限感慨。隔着漫长的光阴，姥爷好像在和幼年的自己对望，而那时的他一定无法想象在自己身上竟然将有如此波澜的未来。每个人各自的生命轨迹最终交汇成为历史浩荡的长河，而这里，是属于他的起点。

　　新中国成立之后，由于曾外祖父工作调动的缘故，曾外祖母携姥爷从武乡赶驴车前往河南南阳，姥爷在南阳度过了自己的童年。后来一家人又辗转至郑州，最后在这里定居。往后的几十年里，这个家族在这里落地生根，而郑州也是被我视作是故乡的地方。姥爷在郑州完成了小学至高中十二年的学业，成绩一直还都算得上优秀，较为完善的基础教育也为他日后的发展提供了可能。曾外祖父从小没有文化，亲身体会到的诸多不便，让他深知知识的重要性，所以一直对于姥爷的期待，就是可以上个大学。然而随着"文革"的开始取消了高考，没做成大学生的姥爷在"上山下乡"运动中做了一名煤矿工人。直到1977年恢复高考，他才在"老三届"千军万马过独木桥的情况下重圆了大学之梦。

姥爷的人生足迹遍布在各行各业，在伸手不见五指的矿井下，在机器日夜运转不停的工厂中，在钻研高等数学的大学里，在有时达旦不灭灯的银行办公室。从"大跃进""人民公社化运动"及其所引发的三年自然灾害，到"文革"的十年动乱，"上山下乡"运动，再到七十年代末八十年代初迎来改革开放、科教兴国的全新时代，他是共和国历史的见证者，也更是亲身参与和建设者。他独特的乐观幽默、平和坚忍的性格让我在人群中看见他自己独立鲜活的形象；而在历史与时代的浪潮之下，我也看见他是身处在人群中：成为时代的缩影，成为历史一句有血有肉的诠释。

一、"失落"的一代

姥爷初中和高中都就读于河南省最好的学校，也就是河南省实验中学（原郑州大学附属中学）。按照他当时的成绩，应该是很有希望可以考上一所不错的大学的——大学不仅是知识的殿堂，而更是一个光明前途的保证。1966年春夏之交，他马上年满18岁，高中即将毕业，彼时距离高考也只剩下两个月左右的时间。暴风雨将至，有种种预兆，高中校园里也逐渐弥漫起不平静的躁动。

1966年的高等学校统一招生被推迟，最后终于被停止。姥爷回忆起来说，当时上面一通知取消高考了，所有同学全部欢呼雀跃，简直要敲锣打鼓地庆祝一番这伟大的解放。负在身上最大的包袱与压力一瞬间被松开了，这突如其来的惊喜，让所有人都来不及再多想任何一点。

随着"上山下乡"运动的展开，一代人的命运正在失落与重构。据姥爷回忆，当年政策要求有一部分学生留在城市，进入工厂或下煤矿，另外更大的一部分学生去农村"插队"，其比例大概是三七开。姥爷一家当

与共和国同行——记我的姥爷石金祥先生

时在上学的弟兄有三个，分配的时候要考虑将他们平均分配到不同的地方去。而姥爷作为家中的长子，这时就肩负起作为哥哥的责任，毅然选择了下煤矿这一条最为艰难而危险的道路。1968年10月，在曾外祖母送别的泪水中，他坐上了开往安阳铜冶煤矿的火车。看着快速向窗外移动的秋景，姥爷没有感慨命运的不公，也没有害怕充满未知的未来。在十字路口眼见风云千樯，他心里怀揣了一份对工人阶级的向往，他还是以一个年轻人的热情与积极态度开始期待新的生活。

姥爷前去工作的铜冶煤矿是著名的超级瓦斯矿。所谓"瓦斯"，即英文"gas"的音译，在这里即是指以甲烷为主的易燃气体。瓦斯在密度上比空气要轻一些，易扩散并且渗透性强，很容易从邻近层穿过岩层由采空区放出，而瓦斯爆炸是煤矿中的最主要灾害之一。[1]而事实上就在1968年，这一批来自郑州的学生抵达铜冶煤矿之前，这里刚刚发生一起严重的瓦斯爆炸，近五十名煤矿工人在这场矿难中不幸丧生。煤矿塌方，地下水淹，又或者仅仅是采煤时一个小小的动作失误，威胁煤矿工人生命安全的因素实在有太多。姥爷回想起来，说他们这一众学生刚来煤矿工作不久，他们就第一次见到了有工人因工作意外而死的情况。在后来的几年时光里，姥爷自己亲眼目睹了工友在矿井里遇难丧生，也真正明白了煤矿工人这份工作的辛劳不易。而曾外祖母回忆起时说，尽管郑州与安阳还是有些距离的——但每当郑州晚上刮风下雨了，她都整夜整夜地失眠，生怕姥爷在煤矿里出了什么危险。

虽然这份工作这样艰险，在煤矿几年的经历还是成为了后来姥爷最爱给我讲的故事的来源。在矿井底下有一个极为复杂的世界：姥爷会时常给我讲起在煤矿里怎么下到百米深的工作面里采煤，煤矿工人们如何在三条巷道里穿梭着完成几道工序。"煤溜子"是什么，如何"架棚"，要安全地"放顶"有什么技巧……他说起来就滔滔不绝。煤矿的黑色地下帝国里，他懂得太多现在不为人所知的学问，也记得太多有趣的细节。"那个时候铜冶煤矿都是手工开采，中午怕来回耽误时间都在矿井底下吃饭，矿工指甲里全是煤炭灰，一双双黑手里拿着一个个白馒头，"想想那样子真是滑稽可笑，不过不免又含着点没法言说的感觉。

　　我本觉得矿井里的黑暗是他生命最黯淡无光与绝望的时间，但姥爷自己却为这段经历感到骄傲；他懂得接纳命运的跌宕，懂得在苦难中体悟人生。很多痛苦与艰辛在几十年后都在姥爷的笑谈中被云淡风轻地隐去了，好像是什么微不足道的事情。在他看来，在煤矿的这几年对他的人生起到了至关重要的影响，这在煤矿的三年对他不仅给了他自己一个沉淀、冷静与反思的时间，从少不更事的青年学生，变成一个勤恳踏实的成年工人。更让姥爷印象深刻的是在煤矿的几年中和老工人的接触，让他受到很大的感动。有老工人发着三十九度的高烧仍在采煤的第一线坚持工作，那种精神对他后续人生中三观和品质的形成都产生了非常重要的影响。

　　正如习仲勋所言，"从动乱中走过来的这一代青年，受到过毒害和创伤，也得到了其他时期所得不到的磨炼。"这里他讲了两个方面的结果，一是伤害，二是磨炼。他们的确在"文革"中受到了极"左"思潮的毒害；这"失落的一代"在学习上基本上完全被耽误，使我国的教育和人才培养出现了断链；生活上也吃了更多的苦，受到了更多的磨难。但不可否认的是，他们这一代人在伤害的中也受到了磨炼。"政治上他们成熟了，分析、解决问题的立足点高了、眼光远了；生活上他们为人处事老练多了，'自立、自强'成为了他们生活中的座右铭；学习上他们很惋惜逝去的时光，十分珍惜返城后的学习机会，后来又取得了很好的学习成绩。"[2] 在时代洪流下每个人都渺小而无力，大多数人都不过是终将被湮没的细碎微尘。但平凡与伟大并不总是反义词，因为这两个词是从不同的视角对一个人的评价；因为即便都无非是细碎微尘，可是总也有人，可以用力让它舞出光芒。

二、步入大学校园

　　姥爷在煤矿的三年中基本上不曾请过假，一直坚持在采煤第一线做最艰苦的工作。每天，姥爷都会换好工作服，下到百米深的矿井的工作面，弯着身子在采矿层里采集运输着作为国家工业重要能源的煤炭。姥爷性格上的坚忍不拔造就了他在工作中吃苦耐劳勤恳肯干的品性，当时煤矿里给他们这些表现突出的学生了一些优惠政策，说的是如果家里有实际困难并且有接收单位的，可以进行调动。1972年，姥爷从煤矿回到郑州，在国家大型棉纺企业国棉一厂，先后做了三年的电工和四年的电器材料员。作为一名电工，他主要的工作即在车间值班，修理电器等；而电器材料员则主要负责对镇流器、灯管、电动机、电线等电器材料进行采购和选型。但是在整个国棉一厂，当时只有他一个相关的负责人，所以一天假也不可以请。

工作两年之后，经人介绍，姥爷认识了我的姥姥，彼此了解、相处了一段时间之后，两人决定于1974年4月结婚，就这样组建了家庭。1975年初，我的母亲出生。姥姥在当时也是一名很年轻有为的事业女性，是一所鞋厂的厂长，每天工作极为忙碌，在相比之下，姥爷的工作不如姥姥那么繁重，所以照顾我那时年纪很小的母亲生活的重担也就落到了他的身上。姥爷的生活似乎开始自此步入了正轨。而对于几乎和他同龄的共和国而言，同样，在经历了漫长的黑夜与混沌之后，天边也终于露出了希望的澄明曙光。

1977年7月，邓小平第三次复出，就任中共中央副主席、国务院第一副总理等要职。这一次，邓小平自告奋勇，要主管全国的科技和教育工作。同年9月，中国教育部在北京召开全国高等学校招生工作会议，会议决定恢复已经停止了十年的全国高等院校招生考试，以统一考试、择优录取的方式选拔人才上大学。消息一出，成千上万的人重拾课本。1977年冬天，全国举办了第一次招生，在恢复高考的第一年里就有五百七十万考生，走进了已经关闭了十年之久的高考考场。[3]

距离1966年那个疯狂的夏天已经过去了十几年。十几年过去，恍如大梦初醒。姥爷还是觉得，如果人生没有经历一场高考总是不完整的。尽管面临"老三届"齐上阵，"千军万马过独木桥"的紧张激烈的竞争情况，而且 1977 年冬天的第一次招生录取比例几乎达到了 1949 年以来的最低，但姥爷还是自觉不亲自去尝试一把，终归对不起曾外祖父的期盼，和自己曾经的大学梦想。即便考不上，也至少不至后悔终生。报名了 1978 年夏天的第二次招生之后，姥爷开始了他艰苦的复习。

1978 年理工科大类的高考考试科目是有语文、政治、数学、物理、化学这五科。十几年没有再碰过书本，姥爷对已经隐没在记忆深处的知识早已感到模糊。可惜历经这些年的动荡，课本早就流落不知去向，然而更大的困难在于由于他在国棉一厂的工作性质不允许请假回家复习，而年幼的母亲生活还要他来照顾，所以复习的条件和时间可谓都是相当有限。在这种情况之下，姥爷只好做了一定的取舍，预备"裸考"语文和政治，然后颇费了一些周折找来了相关的复习资料，将复习精力重点放在数学、物理、化学这三门上。每天在国棉一厂经过一天的辛苦工作，下班后先得去幼儿园接我的母亲回家。给她做好晚饭，陪她玩，陪她说说话，尽一个父亲的义务。哄他年幼的女儿睡着之后，姥爷才敢在半夜，在微弱的灯光里看一看复习资料，重温那些对他而言已经分外陌生的数理化公式。

仅仅仓促地进行了几个月的复习之后，姥爷当时一个已经三十岁，甚至都做了父亲的人，又重新像一个高中毕业生那样，手里拿着高考准考证怀着忐忑与激动走向考场，弥补一次曾经失的约——他好像一瞬间回到了青春的学生时代。姥爷自己说，对于结果他倒觉得没有非考上不可，结果不论如何，他都可以很平静地接受，但心中一定要保有那点年轻时的理想，其实说到底还是他一种向上而积极的生活态度使然。1978年，在参加高考的六百一十万人中，仅仅录取了四十万人。令人叹服的是姥爷凭借他高中扎实的基础和几个月深夜的努力用功，凭借他对梦想不懈的坚持，在极为激烈的竞争下从"老三届"中脱颖而出。在 1978 年的高等学校招生中，他圆了读大学的梦想，开启了他四年的大学校园生活。由于机会的来之不易，姥爷十分珍惜在大学学习的时光。在大学中，姥爷继续以他踏实认真的态度完成了学业，他收获了知识，收获了思想。"知识改变命运"用来形容姥爷或许再恰当不过，大学的教育更为他未来的发展奠定了基础，提供了可能。

三、"科教兴国"实践者

我们国家要赶上世界先进水平，从何着手呢？我想，要从科学和教育着手；不抓科学、教育，四个现代化就没有希望，就成为一句空话。

——邓小平，1977 年，科学和教育工作座谈会

改革开放的来临是整个风雨飘摇的七十年代后的彩虹，十年的徘徊之后这个国家终于走上了一条正确的路。1982 年，姥爷完成了大学学业，毕业分配到人民银行工作。由于整个七十年代的动乱，"上山下乡"运动引起的人才严重断层的问题，拥有一个大学学历的姥爷就在工作上有了很突出的优势。当时邓小平就重点提出，"搞好教育和科学工作，我看这是关键：没有人才不行，没有知识不行。"[4] 国家在八十年代开始注重人才的培养和利用，而像人民银行这样重要的国家机关，更对领导干部的学历有了比以往更高的要求。在人民银行工作不久后，当时只有 35 岁的姥爷，就凭借自己大学的学历和突出的工作能力和态度，成为了整个全国人民银行系统里最为年轻的处长。

姥爷最初是在人事处分管下的教育处工作的，教育处主要负责的工作即是针对银行的干部职员的培训。尽管这项工作和这个部门在很长一段时间里都没有被给予其该有的重视，但姥爷也没有因此而懈怠工作。在教育处工作了一段时间以后，姥爷逐渐了解了人民银行的员工情况。他发现，由于六七十年代"文革"、上山下乡引发的人才断层的问题，即便是在人民银行，金融方面的专业人才也仍旧较为匮乏——针对这样的情况，姥爷认为需要对程度不同的干部员工进行相匹配的培训。在他的主导和支持之下，人民银行教育处先后创立了郑州大学金融干部专修科，河南金融管理干部学院（即"河南管院"），金融电大，金融干部职工中

专等培训机构，以考试成绩为依据，公平公正地择优进行录取。单是郑州大学金融干部专修科这一个培训机构，后来就培养出了四十余名厅局级及以上的干部；河南管院则完全由姥爷自己主导筹建起来的。现在各银行的培训基本上已经都分配给社会管理，唯独河南省人民银行的培训仍旧由其直属的培训机构河南管院进行。而姥爷为金融培训系统的建立和完善作出的努力和所带来的成绩也被广泛地认可，1985年，河南省对全省各个单位的职工教育进行评比，河南省人民银行就很光荣地位列全省第一名，无疑离不开姥爷的工作成效。1986年，又在全人民银行系统的会议上做了经验介绍，为全国职工教育培训提供了参照和借鉴的案例。姥爷对人才培养的重视，其实也体现在很多细节里。为了同事能多一个培训的机会，他甚至会专程从郑州坐火车到北京和相关的负责人沟通和争取，在这些他帮助过的人里有不少和姥爷成为了很好的朋友，在工作中姥爷也收获了友谊和温暖。

1986年，工商银行和人民银行分家，这时科教处单独成立，姥爷被调入科教处分管科技工作。在分管科技工作期间，姥爷两次荣获河南省科技进步奖（获奖证书见于文末）。获奖的这两个项目分别建立的是电子联行和同城清算，主要内容都与银行清算系统相关。姥爷回忆说那个时候做项目，整个办公室整夜灯火通明，大家一起加班加点共同完成。说起当时做电子联行的项目，倒是有趣事一桩。人民银行当时有领导和姥爷讲，说他们办公室怎么晚上下班不关灯，还是要注意节约用电。姥爷回答说，那是我们同事们在加班呢。领导不信，第二天专门等到深夜来看，结果科技处的办公室还是没有关灯。推门进来一看，大家全都在办公桌前继续坚持工作，于是不禁大为感慨和赞叹。

最后项目成功，以至获奖，他至今说起，心中都充满了成就感。在姥爷负责科教处期间，可以说中国早期的银行清算系统业务实现了最早的奠基。有了电子联行和票据的清算系统，极大便利了大额交易支付的完成，为整个金融系统都提供了更便捷的平台，不得不说可以说是对当时的金融服务业做出了突出贡献。姥爷先后在教育处、科技处的工作，他几乎可以说是身体力行地实践了国家提出的"科教兴国",个人的工作与国家的建设,就以这样一种方式结合在了一起。

1998 年,姥爷被提拔为省人民银行的副行长。在后续作为行长的工作当中,姥爷先后负责了反假币、全省经济调查统计的工作。在姥爷负责期间,每年追查到的假币量都高达五千万元,常年位列全国反假币工作的第二名。而在负责调统工作时,姥爷主要的工作在于组织编写全省的信息汇总,走遍河南省的各个角落,亲身去了解情况,最后将数据整理交付给省政府,提出经济发展的计划,进而指导全省的经济建设和调控。经过多年的经验,姥爷在工作中有了更强的能力,也肩负了更大的责任。早年的经历,让姥爷似乎很少去想权力职位能为他自己带来什么,他考虑的更多是这样自己就有机会做更宏大的事情、有利于更多人的事情了。他这种朴实的心境与态度让他在同事们之间很受尊敬,即便退休以后,时常还有人来家里看望问候姥爷,温暖也很令人感动。

其实不论是在哪个岗位,做什么样的工作,虽然这些外在的形式表现是变化的,但内在不变的则还是姥爷整个人的生活态度。姥爷不会苛求很多事情,他用他的达观与坚韧,平和而持久地,脚踏实地地做好眼前和手头的每一件事。最后卓有成效,许多目标得以实现,仿佛看起来都是顺其自然,水到渠成。八九十年代,在国家"科教兴国"的时代主题之下,姥爷以自己亲身的工作奋斗顺应和促进时代的发展。先后在教育处、科技处工作,这机缘巧合简直让他宛如在高唱时代主旋律。很多时候人生命运似乎在历史面前非常脆弱渺小,不由自己决定,返回头去细细一想人们也未尝不是在主动地创造着历史。我们和这个世界的关系并非是单向的,并非是纯粹理性的一个是自变量一个是因变量,一个决定一个,它更像是一种相互的映照与诠释,而姥爷与他的时代的关系,大约亦复如是。

四、姥爷与我

对于姥爷,我最初的印象停留在一片也许连记忆都算不上的模糊里。

零零年代，郑州，冬日的午后——那时我大约两三岁。他在旁边看着我，笑着，脸上是温柔与慈祥。那时他的头发还没都变白，那时他虽然算不上年轻但也绝对没有衰老。十几年之后，染发剂也不再能遮住姥爷的白发，而脸上的斑纹则是岁月雕刻的结果。如今他已古稀之岁，算是来到了生命的秋季。出门不再那么方便，体力精神也大不如前，年龄的增长对于他来说让很多事情都变得和原先不一样了。不过之于我而言，十几年间除了容貌之外他好像从未有过什么改变。他的形象依然定格在那一片模糊的记忆中——他依旧笑眼盈盈，目光温柔，在那个冬日的午后，在那间明媚的小屋里，慈祥地看着我。

我和姥爷非常亲，父母和家中长辈这样说，我也确实这样想。小学时每天他都在校门口按时等着接我放学，盛夏时节会在回家路上给我买雪糕吃。当然每次买的时候都同时再会补一句说，"你姥姥第一个月的工资，才挣了二十一块钱，你这就吃一个雪糕，都花掉快五分之一了。"

如果在阔别很多年之后——我再回到新文化街那一片国槐的林荫道中，我一定会在弥漫的槐香里重温到那一份童年时来源于他的心安与踏实。要我描述他的话，他大概具备那时我喜欢的大人应有的所有特质：幽默，稳重，平和，不急不躁；擅长也喜欢讲故事，说话办事都慢条斯理的……不到十公里的车程里总是充斥着一老一少的欢声笑语，我讲学校的事情，他讲给我许多过去的故事听——比起工作繁忙的父母，他给予了我更多的陪伴。姥爷退休以后，生活的很大一部分都与我有关；自然而然，由于他的陪伴我童年的很大一部分也都与他有关。在和姥爷长久地相处和互相陪伴的过程中，我就总会听到他讲过去的事情，听他感叹时代变迁与发展的日新月异。从五六十年代"楼上楼下，电灯电话"的憧憬，到七八十年代"三转一响"的渴求，再到如今，姥爷退休后开始了他在世界各地旅行度假的美好生活。用着支付宝，在海南岛租车自驾环岛游，总之他还是保持着他积极的人生态度，很快地接纳新事物，接纳新时代。

我生长在二十一世纪了，从小就生活美满衣食无忧，他说的许多艰辛，我的确从未曾体验，说实话其实都难以想象得到了。对比之下，他是亲眼见证了在这七十年间，这个国家的历史"在螺旋中上升"的发展，这个社会和人民生活水平总体趋势上的进步——一如多年以后，当他再回到山西武乡老平房前时的感慨万千。显而易见，他的人生是上升的，他是幸运的。他个人的命运与国家的命运息息相关，从伸手不见五指的矿井中，走到人民银行的行长办公室里，这是国家时代给予他的机遇，但自然也离不开他自己勇于迎接挑战、把握机会的能力，积极接纳和融入时代的人生态度。看起来很多事情变了，他从一个煤矿工人，一步步地，成为一名有为的银行家，成为一名干部，但他作为一个人，最本真的东西还是如初一般简单而淳朴。时光的流逝和经历的丰富，让姥爷性格上更加温和，但他那样的平和，"是以正直而非世故作为底色"。姥爷为人处事、如何看待很多事情的态度，潜移默化影响我很多。这是历史给予他，他又给予我的馈赠，而时间与历史的呼吸与韵律，正在这薪火相传的继承当中生生不息地发生着。

参考资料及采访记录

［1］https://baike.baidu.com/item/ 矿井瓦斯 /

［2］知识青年上山下乡的历史评价，中国干部学习网

［3］吴琼，《文汇读书周报》2011 年

［4］邓小平，1985 年全国科技工作会议发言

附　录

一、活动记录

活动中运用到的第一手史料，主要是我对姥爷的采访。边散步边聊天说起过去的事情，轻松又自在。我大都录了音，在日后写作时作为资料，用文字整理出来，最后梳理成文。当然，不同于对于姥爷人生故事的单纯讲述，使这篇文章之为"历史写作"，更在于活动中对相关历史的查找与了解，使这些故事有其时空定位，这样故事才有价值和意义。写作的重点其实在于这个对照的过程，同样的事情，从大框架的历史上怎么讲，从姥爷的个人经历感受上怎么看，两者结合起来，故事才能够趋于丰满而完整。最后写作的过程也是同理，先搭好骨架的结构，再往中添加血肉的细节。文学与历史，这两个我所喜爱的学科领域在这次燕园杯的写作中可以算是很好地结合了起来，从学习研究方法上，"文史不分家"，大抵也是相通的。

二、历史感悟

真正开始试着去"认识"姥爷，来源于初中时一个偶然的机会。某一个学期语文老师布置了为一个家中长辈写一篇传记的长作业，布置的时候还在课上留给了大家一点静静思考的时间。我当时不假思索就选定了姥爷，于是剩余的时间在教室无声的阒寂缄默中，我非但没有任何思路，更感受到了极大的迷茫与不知所措——我原来不知道我究竟该写姥爷什么，我居然不了解有关他人生的具体。这是我第一次领悟到原来我对他的了解竟也不过局限于这一层与生俱来的关系。我才意识到他是被我片面化了的，他对我而言只是"姥爷"。——他的的确确在我的身边扮演好了人类伦常中这一应当是"慈祥""智慧"的角色，但这也不过是他的一个侧面，而并非完整而真正的自己。

小时候看《苏菲的世界》，记得里面有句很诗意的话："我们都是星辰。"诚然每一颗星辰都有自己的轨道，那么其他星体存在的意义，也无非是各自光芒交汇时彼此的相对位置。但是我想每条光轨也都自有其独一的价值，也不该就这样被若无其事地淡忘。宇宙的运行的规则也正和这美妙的世界如出一辙，我们认知的万物，之所以有时并不是绝对的真实，或许归根结底，是由于我们很难逃离出我们自带的视角——而这也许才是我们无法互相理解的真正原因。幸运的是，在这次第三届燕园杯写作的这段时间里，通过姥爷的一段段讲述，一个之前未被发现的世界逐渐被打开，曾经听过的那些零碎的故事逐渐被串在一起，构建起以一个足够波澜壮阔的时代为背景的灿烂人生。

历史和人的关系总是很微妙的。作为一个文科生，我无疑是非常喜爱历史这门学科的。但是认识、评价历史的视角往往高高在上，我们总是惬意地坐在阳台上随手翻着书本，站在后来的制高点上或稍作感慨或谈笑风生，殊不知历史其分量的沉重，不知这些历史的真正亲历者的笑颜与泪水。一个历史事件发生了，我们爱学着历史课本的样子，宏观来讲述它的缘起，评价它的多重影响与意义，诸如此类。但是我想，其作用到每一个人身上的效果和样子，才最贴近于历史本身落到地面的真实。这一次燕园杯的写作之所以难得，一方面，我想通过我的文字记录，一些"第一手"的历史被定格了下来，姥爷这样精彩的人生可以被以文字的形式保留住而不至被遗忘；一方面，这次写作也为我提供了审视历史的另一种方法，另一种视角。人们仿佛是被历史裹挟着的，然而又在不自知中创造着历史，这就使得在历史洪流之中，对一个单独的个体的走进观察很有历史学习研究的价值。

从高处看待历史，我们是在研究历史发展的脉络与客观存在的规律，正所谓"告诸往而知来者"；从小处看待历史，我们关怀的是每个人身处其中的感受，在历史过程中的感悟与反思。作为晚辈，我来了解姥爷的故事，自然其实也是对姥爷对他的人生经历体会出的价值观与为人处事的智慧的传承。我对姥爷故事的书写，文字记录是手段而不是目的。这份属于他的历史的写作，意义其实并不简单在于他哪年哪月在哪里做了什么事情，更在于这背后隐含的他所指出的是与非，善与恶。而在我看来，这大概即是在微观视角下历史学习最难能可贵之处所在。

且向花间留晚照

七绝

西风入户动诗趣，照影修篁拂砚泓。

一盏茶闲烟尚绿，谁家向晚弄箫笙？

采桑子

湖光山色波如镜，舟过鸿惊。舟过鸿惊，天水清明鸥点汀。

残阳铺水独归晚，影湛云平。影湛云平，霞胜丹花山似屏。

青玉案

东风重过江南后，又拟把、新梅嗅。

往去来燕今在否？物移星转，小桥依旧，芳径香盈袖。

暮云冉冉平林秀，细雨泠泠虫声透。

欲看梨花同绿柳。牧笛吹晚，欣然回首，正是春时候。

相见欢

轻烟环锁西楼，漫沙洲。无觅匀调霞色染陵丘。

远林翠，惹云坠，雾倾流。还恋阶田如镜映离愁。

阮郎归

小帘闲挂苑庭深，窗前独弄簪。

西风昨夜似游临，乍暖寒复侵。

轻信步，露沾襟，遥闻钟磬音。

都如旧梦去年心，幽思重到今。

鹧鸪天

身卧竹篁数暮钟，蒙眬梦眼烛灯红。

尘嚣绝尽花间住，独饮清辉共柳风。

黄昏后，到三更。箫声吹落冷梧桐。

惆怅一曲还归晚，自写新词月色中。

蝶恋花

庭院春初曾几度，怎奈凭阑，烟锁迷芳路。

窗里独闲移玉柱。沉沉雾霭何时去？

飞絮濛濛无尽数。尘染空城，犹待黄昏雨。

燕鹊互闻轻共语，浓云杨柳相堆处。

摊破浣溪沙

一夜东风树缀花。晓来慵起挂帘纱。

独步小园拂霜露，看朝霞。

杨柳堆烟春正好，杏花如雪色尤佳。

不道归时天向晚，暮光斜。

喝火令

雾散清风冷，人行柳巷深。暮云轻缕日西沉。

窗畔夕阳枝下，疏影浅芳樽。

往复翻书卷，无聊阅旧文。不如归去把春寻。

记取梨花，记取雨黄昏。

记取月前留步，径自觅幽芬。

天仙子　其一

庭院深深杨柳阴，莺语遥听和瑶琴。

黄昏带雨暮光侵。

归去晚，路森森。笛断蘅皋露湿襟。

天仙子　其二

雨雪前番扰梦惊，风销残红落无声。

飞花如许到清明。

梅与杏，尽飘零。化作池塘绿水萍。

朝中措

清明雨歇待春归。游院露沾衣。

丛翘黄花繁缀，落樱堆雪成蹊。

独立香径，清芬袭面，看取才知。

浅绛争春无意，静幽还总相宜。

菩萨蛮

满园零落花如许，一番风雨匆匆去。

乍暖复还寒。黄昏初上烟。

残霞匀调色。钟晚庭空寂。

无语对黄鹂。归期未可知。

鹊桥仙

春寒一阵，昨宵风雨，吹落一城飘絮。

回塘波影碧粼粼，更有着、残红几许。

清明初过，流光抛却，还似去年心绪。

了无凭据是闲愁，尽化作、烟云散去。

临江仙

堂前花谢春光暮，楼边飞絮轻风。

落红带雨去无踪。院庭忽已晚，来觅竟成空。

斜阳穿户疏影剪，倚窗为数残钟。

雁鱼消息梦魂中。人眠三更后，冷月洒银釭。

跋：

我似乎确实是许久没有再动笔做过什么诗词了，倒不是因为我三分钟热度——我对古体诗词的热衷从来不曾减弱，也依旧对自己关于文学的梦想坚定不移。只是越写越发觉自己实在修为不够，格律的工整、平仄的合辙、韵脚的整齐时常使我感到词不达意。诚然，这是不利于表达的，但是我一向愿意尊重这样的规则，毕竟这其中蕴含的声律美也是这艺术的一部分。读到许多唐宋诗词，不禁觉得朗朗上口，平实而生动，丝毫没有牵强之感。细细对照词谱格律，居然一字不出律，着实叹为观止。即便文言或者格律限制了表达，归根结底，还是文学功底和素质的缺乏。反观自己写的种种，难免流于形式，然而形式也是必不可缺的，于是对诗词写作便抱有了些许敬畏之心。我想，内在的提升才能真正实现进步。想来正是，"汝果欲学诗，功夫在诗外。"

日落西山红霞飞

此时我终于从下的陆军防化学院与那里滚烫的操场上回来了。五天半以后，我躺在自己柔软的床上，喝着刚冲好的奶茶吹着空调看着《我与地坛》中的那篇《好运设计》，我觉得此情此景，读起这段文字实在是太过贴切了——"所谓幸福，显然不是一种客观的程序，而完全是心灵的感受。"对于这样的情景我原来是多么习以为常。一时没有痛苦的衬照便一时失去了幸福感，这是辩证法的应用。

1

其实在这段难熬的日子里，亦有弥足美好的片段。

在这僻远的山区中，空气清新透亮，天总是无比清澈。早晨天色蓝得让我想起卢浮宫里天顶画的色调。远山连绵而苍翠，正午阳光在山坡上留下明灭的影。林荫道两旁，一缕缕金色从树叶间倾泻而出，蝴蝶与鸟雀在枝头翩然。夕阳西沉之时，云霞绚丽，为万物尽涂抹上金黄色的颜料，显得格外温柔。旷野上暮色热烈而壮丽。远处的古塔在西风残照之下，阵阵苍凉，仿佛是刘长卿诗中带着禅意的画卷。于是天色渐墨，第一颗星镶嵌在如海洋般深沉的蓝色天幕上，光辉清冷皎洁，月色在云烟中朦胧动人。

我躺在草坪中央，自己给自己唱着悠扬而抒情的歌，彼时周围的喧嚣嘈杂都与我无关：我寻到的是内心深处久违的宁静与平和。朝朝暮暮，若非是这训练过于枯燥和劳累，我大概会喜欢这里仿佛与世隔绝的生活。

2

回想起来，这里的训练大致就是站军姿，走队列，喊口号，唱军歌。我竟然想不出任何一项别的。最开始的一两天，我一次次试图可以放下自己许许多多的情愿与不情愿，只是心无旁骛于教官给出的命令，然后便去做好，一次又一次以失败告终。我几乎不允许我思维的停止，我在内心无数次追问这一切的目的与价值是什么。

无尽的沉默中的站立，无谓的大声的口号，而我在这百无聊赖之中最初获得的快乐是源于一种完成感。几经重复练习，当整个连队的人整齐地合着节拍踢正步走过主席台，高喊着"岂曰无衣？与子同袍；王于兴师，修我戈矛"的口号时，我觉得一百多个人一起为同一个目标而努力是一件很奇妙的事情——我竟然深感幸福。那个片段让我瞬间回到小学一二年级——我记得在那个年纪我会一笔一画地写好作业的每一个字，会在做广播体操的时候拼命做到最标准。我还不懂得去怀疑什么是"意义"，而那是一种最为简单而纯粹的满足。

如今，在那样的时刻我会放弃我所有的追问。在那样的时刻我终于明白，追问意义是没有意义的，怀疑价值是没有价值的。我终于明白这些看似无谓的事情大约只是一种更深层次的本质的表象，那是一种精神，那是一种灵魂。——对于一切境况，我想我们都该有认真生活的态度。也许正是北岛所言"执着于理想，纯粹于当下"。而我，好像已经很久没有这样一份热情了。

——这是我对于军训生活最初的感激。

3

除了全连被连长罚蹲了半个小时军姿的那天以外，军训从始至终体力上的考验都并不是很大——至少是可接受的。对我而言，最为困难的是某些观念的转变。我大概早就懂得"我被希望"如何想，或者说"我应当"如何看待一些问题，但是在一段时间内去强迫自己遵循与内心认知相悖的种种规则，抵触与抗拒也是在所难免吧。

一个很短的片段与那时我矛盾的心情让我一直难忘。

事情的大致经过便是如下：一天清晨我们吃完早饭后来到操场上，因为训练还未开始，于是教官让我们唱军歌，并且对全连队的同学说哪个排唱的声音最为响亮哪个排坐下休息，否则就罚蹲。总之，我以我最大的音量来唱每一首歌，但是教官总是一遍又一遍地表示不满。久蹲以后自然腿脚发麻，长时间用不正确的方法大声唱歌也自然会引起声带肿胀得生疼。我看到前排几个女孩许是因为委屈，也许是因为疼痛难忍在止不住地哭；我与她们感同身受，我理解她们的难过——此事过去已久，如今回顾不过区区小事，然而在那时那刻，我也何尝不委屈难过呢。

我最初的想法如此直白而简单：第一，其他连队都在休息，为什么我们要在这里拼了命地唱歌；第二，所有人不该为少数人的错误买单。

换句话说，这么多年来这个世界教会我的法则一直是这样的——付出与回报永远正相关。

但是在那个时刻我已经认同多年的法则受到了颠覆：我没有任何办法来让别人唱得更大声一点，我无法用自己的任何努力来让教官满意并且允许我坐下休息，而与此同时其他连队的人并不需要付出任何代价就可以坐着休息。我一时无法接受部队中这样一种价值观。我觉得这有失公允。

后来余下的时间，我无时无刻地在想这些问题，关于公平，关于合理性。

我记得那时有一个前排的同学转过身来跟我说了一句话："有些事情，

在部队中就是这样的。"

4

我渐渐懂得，这些看似的"不可理喻"大概与一种我一直以来所匮乏的"集体意识"与"绝对服从"相关。在如今这样比较和平的年代，从未感受过战争苦难的我们这一代人会很自然而然地忘了军队存在的意义。现今我们接受的教育鼓励我们发扬自己的个性，发扬每个人的与众不同的价值，这固然是一种进步的表现，而与之相对应的则是一种"自我意识"的强化。于是我们考虑一切问题，不可避免地会先去站在自己利益的角度上。

但是军队是随时为了战争而准备着的。如今没有战事，我们能产生的关于军队的联想大概仅剩下阅兵式上的正步与呼喊的"为人民服务"。整齐划一的一切，仿佛使得每个参与其中的人失掉全部的自己。然而在樯橹灰飞烟灭的时分，在最危急的时刻，我们或许没有资格再谈什么个性。在军队中这样强烈的"集体意识"与"绝对服从"，大约是每个人对自身利益的出让与放弃。这是战争面前唯一的解决方法——残酷而无奈，但现实就是如此。

如此看来，我当初的疑问一瞬间都迎刃而解：难道被派去前线的敢死队员还会问为什么让我去承担生命的风险而不是别人吗？难道整支队伍的埋伏不会因为一个人的暴露而前功尽弃吗？参与其中的每个人出让与放弃的那一份自己，都是为了身后远方无数的人们。

在军训的这几天所让我体会的一切"不合理"，无非只是各种必须面临的困难抽象化以后的一种简单模型而已。

我也终于明白，"哪有什么岁月静好，只是有人替你负重前行。"也许我们并不一定会选择成为他们中的一员，我们也有其他方式来完成自己的社会责任，但对于每一个军人，我想我们都需心存敬意。他们选择了对个人世界的牺牲，定是有家国天下的情怀——他们相信无穷的远方无数的人们都和自己有关——而这是何其伟大而无私的精神。

5

临行前的那个中午，教官突然让我们坐下，一改往日的语气，气氛忽而变得有些感伤。其实那时候我才初次发现原来他们也有内心柔软的一处。具体的话我已都记不太清了，我只想起来开头，他说："同学们，咱们可能这辈子也就见这么五天半……"

一瞬间队列中的每个人都默然不语。

从防化学院回来的那天晚上，一个朋友跟我讲了很多她的心情。我想她的话无关军训本身，是一种对于这段短暂时光的追忆与不舍。她说她会为不可避免的遗忘感到遗憾，也许记忆一旦失去了就一辈子都找不到了。

萍水相逢，我觉得是一种别样的美——这种美与短暂与随机相关，与可遇不可求相关。每个"有我的时间"都是片刻存在的"我"与时间的永恒的一种统一。而我所经过的每一秒钟，都像是暮春的花瓣飘洒在路上。它们零落成泥碾作尘，逐渐在脑海中的角落中被掩上灰尘，被我遗忘掉，然后退散，直到消失不见。总有一天我可能会记不得这一切，但它们作为记忆也并没有死。因为它们终究没有失去。那些记忆，与我所经过的时间，大概就是我的碎片，它们构成了我本身，使我成为了我。

这些日子永远存在着。操场上整齐的步伐与响亮的口号，远处山坳里悠然的云，"日落西山红霞飞"的歌声都依然如旧——"它们只是飘进了宇宙。"

也许我会丢失片段的记忆，但这些日子教会我的东西，永远不会失去。

是口笛，是无言之歌

洁白淡雅而有设计感的幻灯片上闪现出一行字：
"每当我们读诗的时候，艺术就这样发生了。"
是语文的现代诗课上，是博尔赫斯的话。
我喜欢这样看似不经意然而意蕴无穷的句子。

另一张幻灯片。
寥寥五个字，没有答案的问题。
"诗歌是什么？"

下午三点半的阳光在窗子上呈现出别样的色彩，冬日的风"在向树叶致意"。《知北游》里有言："天地有大美而不言，四时有明法而不议，万物有成理而不说。"而这样的沉默带来了人类的聒噪，于是人们以科学的名义宣称懂得了美的真谛，声言悟得了自然的规律。他们或者也的确探明了这沉默中隐匿着的奥秘。万般情景，都必然有一个解释。阳光何以为明亮的金黄，冬日的风那般冷的彻骨也定有原因。用怎样的笔法烘托出意境自有其技巧，美学也同样有据可循。

生活中许许多多细微的存在唯一能够自证的方式只是人内心深处的

一纹波澜而已。平常的生活细节与琐屑，仿佛确乎是不足一提的。一切的一切都看似可以被量化，被模式化与程序化。有些事情终究不能，就像即使意象的所托是具体而切实际的，但人们所领悟到的意境之所在却各相迥异。我一向信奉唯心主义，我们的存在也无非是一些感知的集合，也无非是过往记忆与经历的投射。人们各不相同的本质，大约恰在于此。

然后我想起我迟迟未交的科技节征文，所谓"与人工智能相遇"。人们对人工智能的恐慌我从未有所体会，母亲说我简直是人文主义的信徒。有一句话我抄在案头时时读起："我们读诗写诗，非为它的灵巧，因为我们是人类的一员，而人类充满了热情。医药，法律，商业，工程，这些都是高贵的理想，且是维生的必需条件。但诗，美，浪漫，爱，这些是我们生存的原因。"

回到那节现代诗课堂上，回到那个没有答案的问题。我想诗歌的本质在于诗意，形式并不关键，换了行押了韵脚也未必就有诗意，散文般的平铺直叙或许也一样如歌。而诗人的本质在于天真。这种天真来源于原始，来源于灵魂深处。无论用如何晦涩抑或夸张的语言，用怎样怪诞的形式，他们最强烈而简单的愿望都只是想把鲜活而滚烫的心剖出来展示给世人看，不为任何意义。这份热情或许就已然原原本本地诠释了诗意最深层次的奥义。其实学校里的课程无论文理都也是科学，只不过社会科学与自然科学的不同，文科生理科生本来也没什么不同，是兴趣领域的差别而已。评判他们的也都不过是一张无力苍白的试卷，考的内容也不过是一些规律性的方法。而诗意与浪漫，对爱与美的感受从来都不是可以被考量的，这是一种无法雕琢的天然。它大概难以教授，因为那也是一种可遇不可求的随机，是一种由于本身的不同而自然而然生出的一些难以描摹的情感，或者可能有时只是心中微微的一丝震动。

它们在理性与科学之外，或者，在理性与科学之上。

"诗歌是什么？"

是治愈现实与理想之间巨大裂痕的药剂，是人类对美与浪漫感知的寄托，是灿烂与不计结局的莽撞。是鲜活的灵魂，是滚烫的心脏。

写在二零一八岁末

我还愿意以一些杂乱，毫无前后逻辑的文字来存留生活中难能可贵的仪式感。

1

在三帆上学的日子其实算来也不过就是在半年以前，不知为何在现在看来仿佛已经过了几个世纪一样遥远。过去的事情自然已经于我毫不相干了，但在三帆的三年我会且将永远感激，因为这些时光将我很好地保护起来，过得极为单纯而平安无事。这单纯确乎仿佛不染纤尘，而这平安无事却总带些碌碌无为的意味，或许值得遗憾。最后的一学期有浑噩和莫名其妙，不明所以，迷乱，无所适从。潦草写几笔和胡乱抄抄答案的作业，没太认真听过的复习课。初三一班教室门口的等候，英语A1课上的四周诡异的眼神与切切察察。楼道里的流言，后海柳荫街里的谈笑。最终都只好化作风，只好往事如烟。

而说了三年的中考，也就那样平淡无奇地考完了，交上最后一科卷子后短暂的狂欢不久后就被迷茫与不知所措淹没掉。我终究从午休时和苏苏一起散步聊天踢足球的大梦里惊醒，我们仨也终于从"理科超棒棒聚集区"的自我嘲解中错失了继续在一所学校一起乱侃闲聊的可能。

领分数那天我和怡然商量好，一到学校就去找对方。在操场旁边那个角落里稍有阴凉，我们就站在那里了。七月酷暑的热烈在无言中黯淡下来。沉默。她说她不会安慰人，但是兜里有餐巾纸。一切事宜办妥，后来我们就离开了校园，我甚至没意识到那是我最后一次作为这里的学生来到这里，于是也没有拍照留念，就像平常的一天结束了那样走出幽长的胡同。过了天桥，在金拱门买了冰红茶。那是把冰饮料变成发烫的眼泪的过程。

2

人审视过去的时候姿态中难免有轻蔑，现在想想总有几分荒唐可笑，不过我们总得容忍"历史的局限性"。7月4日那天晚上我和爸爸妈妈在王品台塑牛排吃晚饭的场景几乎历历在目，灯光的温和，沙发的柔软。本该是举杯庆祝自己中考取得这样出乎意料的好成绩，然而我已经忘记了西冷牛排和甜点是否好吃，只有内心的纠缠我还记得清晰。那时我就觉得，人生当真是一场讽刺。几万天里为数不多值得欢庆的日子居然就这样以一种莫名其妙而揪心的方式过去。于是在情愿与不情愿之间，在徘徊踌躇之中，我还是在志愿那栏填写了北京四中。

接下来的一切都显得按部就班。录取，分到人文实验班，入学教育，军训，正式开学，等等。一系列的事情，顺水推舟。分到人文班让我觉得是极好的，虽然不乏有人可能只是以此为一跳板，然而这样的班级设置也终于让我遇见了许多与我真正趣味相投的人，初一初二在偏理科的实验班里待着很难有这样的感觉。人文游学那几天的深夜我必须得承认，除了写文章与摄影组公众号组的工作之外，我和逸菲的长谈也成为三点半以后睡觉的原因之一。那时街道上的车流已经稀疏，夜的静谧寂寞隔着窗子都可以感受得到。然而房间里有温柔的灯光，也有花粥的歌声。话题，关于文学，关于艺术，关于很多人，关于社会；也关于爱情，关于存在与虚无，关于一些我们甚至都自知全然不懂的东西。总之那些时光是浪漫的，是一种活在计划与管理之外的无纪律与自由。我察觉到那些午夜时间里暗中蕴藏着的灿烂，或可成为快乐的定义。

那是由秋入冬的季节。大概是四五点的天色，我和臻臻也不是很久没见，但想念是真切的。蓝色的跑道上我们一圈又一圈地走，天空明澈，我穿的很少却也不冷。她最近的悲喜，我尽力地宽慰。

短暂的碰面，太多想说的话了，到了嘴边也都不知道飘向了哪里，只好回到家之后发微信给她：今天有好多没跟你说的啊——

3

后来那些美好的日子终究远去了，到了期末大家也各自忙起来。日常呢，其实是起床起晚了在食堂里着急喝完那盒凉牛奶而胃疼的清晨，每一个听化学课听到昏昏欲睡的上午，我们一行人在书店对着书架感叹"真想看看木心，真喜欢北岛""《浮生六记》也很好看呀"之后还是各买了政治必刷题的黄昏，是在自习室和金潇一起声言要好好学习，然后奋笔疾书，从阳光明媚到天色尽墨。也是校联欢会的后台里因难耐的燥热而产生的温馨幻觉，也是一个晚自习前突然收到的新年快递，冰冷的灯光下小心翼翼拆开精致的信封，看到臻臻的笔迹而感动到无以复加。一切总是喜忧参半，总是杂糅着纯粹与妥协。

四中的舞会我并没去。先是在班里布置教室，后来和廖廖、美丽和晓笛去了我们一早就约好的局。一路走一路聊，话音在寒风里飘散开，人流很少，使我感到我在往暮色深处走去。我慢慢走，心中忽然出现生活二字。——它像是一种无可评判描述的东西，是意象所构成的。语文课最近又讲了现代诗。我忽而觉得生活也很像诗啊。

从12月31日到1月1日其实本来和往常的每一天大概没有什么不同。人们互相祝福，然后继续各过各的生活。然而这新年的节日气息终于在学校里弥漫开，即便是有再多令人头疼的事情大家也都是一副欢天喜地的样子，仿佛节日像是一种治愈一切的药剂。我十分感激这新年的氛围，它允许我在计划本上的对勾之间重寻世界的温柔，重寻生活中的那些有光彩的细节。好像米兰·昆德拉有本书叫《庆祝无意义》（我没读过，不知写了什么），不过在新一年之前，我还依然很有仪式感地，回头张望了一番。

写在二零一九年岁末

年末的时候有朋友寄信给我，她写了一句"有的日子恍如隔世，又有的日子犹在目前"。日子一天天地过，大致如常，所以有人说，你必须内心丰富，才能摆脱生活这些表面的相似。象牙塔里的生活有些时候就是家和学校的两点一线，365 天过去，时常让人留不下任何的知觉。只有猛然回头时，才发现——原来一切已经变了很多，不论是我们所在的这个世界，还是我们自己。翻着过去一年的相册，看到图片里面从早春的杏花变成寒冬的飞雪，身上的衣服从清凉的短袖到裹上羽绒服。四季轮回，又周而复始，但是我们各自都长大了一点。

过去一年，学校里发生了不少事，总还依着轨道，按部就班，——合唱节，足篮联赛，话剧节，平静地流淌过去，算是每日重复学习的调剂。周遭世界风起云涌，激起不少不平静的浪花。2019 年里，世界上发生了太多难过和忧虑的事。即便亟待解决，但从某种意义上说，它们都属于过去。

在 21 世纪 10 年代的最后一天在大街上走，灯光还如往常，人们一样低着头行色匆匆。我每每想起新年，总以为在时间的延续性之下，这大约只是人们的共同想象，在这一刻人们互相祝福，然后继续各过各自的生活。不过我还是一直等到深夜看着手机屏幕上的数字时钟从 23:59 变为

0:00，年份从 2019 一闪成 2020，心里忽而有种没法言说的荒谬和恐惧。像是和已逝的一年——甚至十年的关联，在这一刻被突然切断，而与此同时又手足无措地踏入一片茫然未知。未来扑面而来，却还不知道该怎么迎接，却还不知道如何与过去和解。

跨入下一个十年，难免彷徨又无所适从。生命的可能性与不确定性确乎是同一件事的两种表述，人在十六七岁的时候，面对身边的，或者世界上发生的种种，总会格外清晰地感受到这一点。我还想起新年舞会那一天场馆里的灯光斑斓，在人潮的边缘有一个角落的空地，你知道，就在这样一个时刻——舞台中央的歌舞都销匿，闪烁的灯光全部暗淡下去——身边的朋友正和我讲起他未来的理想，讲他人生的计划，讲他想到的各个领域的就业前景——当时那个场景我实在太难忘记了——他语气很平淡，然而那个片段几乎不真实，简直像从电影里的桥段走出来。

那时我就笑着，听着他讲下去，然后，渐渐地试图放下自己对可能性和不确定性的害怕和恐惧。——未来？以后的事情没办法说。但是，明天是今天的继续，今天承继着昨天。甚至每一秒之间都没法割裂开来看。只有站在每一个新的起点上，才能往前进一点；而再遥远而的路，即便再害怕，终究得一步一步地向前走。往哪里走？尽管我给不出答案，然而至少不应当停在原地——路在脚下。这一天，太阳在 21 世纪的 20 年代第一次升起，我们要全面迎来小康社会了——而此时江头潮已平，我们站在这一年的起点处，大约应当出发。

写在二零一九年岁末

快　乐

　　最初我也弄不清这一切的因果，我只隐隐地感觉到，这世间所谓的快乐大多经不起推敲。宴饮之乐，衣食之美，抑或是节日的狂欢与热闹非凡，最终都无非归于沉寂与恍惚。可能的确是这样，快乐与悲伤，期望与遗憾，无非都是我们对这个世界的一厢情愿而已，没有什么更多别的内容。

　　显而易见的是，我的偷换概念。我把快乐狭义化为一种情绪，并且是一种短暂而浅薄的情绪，然而事实并非如此。我后来幸而学到《逍遥游》，物我之辩，逍遥与无所待，快乐自然有更高远的深意。

　　总之那一天是出于不知名的一时兴起，出于室内凉飕飕的空调吹得我心浮气躁，我连防晒霜都没有来得及擦就拥抱进了户外的一阵阵热浪。我决计去北海公园走走，于是沿着漫长的地安门西大街往前步行，经过几个红绿灯，文物研究所的红墙与北海北地铁站的大标志牌。工作日的午后这里基本上没有什么人，甬道两侧的垂柳掩映通向一片宁静寂寥。过了五龙亭，一座庞大的建筑出现在路的一侧，我往里走了走，不见一个人影，清幽得只剩下蝉鸣。我漫无目的地边想边走，散步散了一圈，总算找到一条长椅坐下。夏至前后气温高的初期，没多久我已经是一身的汗，坐下，面朝着北海波光粼粼的水面面朝着白塔，我心里倒觉得比方才在空调屋里凉快多了。

此时此刻的心情——我一向是不善于描写心理活动的，在贫乏的词汇中我抓住了"快乐"。我想起所谓的无所待。之前有人讲庄子说逍遥与游世思想具有一致性，是故意不负责任的生活态度，在我看来，大概也不尽然吧。我所谓的"一厢情愿"，大体本质在于我们把表象与浅层次的快乐建立在一些我们自身并不能控制的事情上。我想那些庄子说的"行比一乡，德合一君"的人，他们之所以被归于斥鴳之流，大约并不在于他们自身的成就，只是在于他们态度上的自以为是。这也就是说，他们的所作所为终究是有所凭借的，终究是为了什么的，也就是这些让他们无从逍遥。假若一切都归于虚无，那快乐的终极要义或许在于内心的平静。

自然，我仍有很多不懂，也依旧被许多"所待"束缚着。只是那一天在北海旁边无所事事地坐着，风吹过的柳条不经意的拂到我身上，夕阳正在下沉。我爬在围栏上朝远处的景山看去，这时"生活的悲欢离合，远在地平线以外"。

快
乐

147